Tödlich verliebt
Chris Oeuvray

Bibliografische Information der
Deutschen Nationalbibliothek
Die Deutsche Nationalbibliothek verzeichnet diese
Publikation in der Deutschen Nationalbibliografie;
detaillierte bibliografische Daten sind im Internet über
www.dnb.de abrufbar.

Taschenbuchausgabe
Veröffentlicht im Amsel Verlag, Zürich, Januar 2022

Copyright © 2020 by Chris Oeuvray, Zug
Redaktion: Milenko Lazic, Zürich
Schreib-Coaching: Carlo Meier, Zug
Lektorat: Wolfgang Rohdewald, Horneburg (D)
Umschlag: Creafactory AG, Zug
Satz: nice — Visuelle Gestalterei, Zug
Cover-Abbildung: *Erinnerung* von Albert Merz, Berlin & Unterägeri
Autorinnenfoto: Philippe Hubler Fotografie, Hünenberg
Herstellung: BoD – Books on Demand, Norderstedt

ISBN 978-3-906325-72-9

Tödlich verliebt

Chris Oeuvray

Thriller

Chris Oeuvray hat in ihrer Tätigkeit als Beraterin und Life-Coach tiefen Einblick in die Lebensthemen Narzissmus und Co-Narzissmus. Ihr entsprechend profundes Wissen bringt sie in ihren Roman *Tödlich verliebt* ein. Auf gekonnte Art verbindet sie darin spannende Unterhaltung mit anschaulicher Lebenshilfe. Sie ist 1967 geboren und lebt mit ihrem Sohn und ihrem Partner in Zug (Schweiz).

Die Geschichte ist bewusst an keinem geografisch klar definierten Ort angesiedelt. Toxische Beziehungen existieren auf der ganzen Welt.

Ähnlichkeiten mit lebenden Personen sind zufällig und nicht beabsichtigt.

*Für alle, die sich für die Würde
des Menschen einsetzen.*

Und für Manuel und Michael.

Liebe heilt.

DANKE

Carlo Meier, mein geduldiger und liebevoll strenger Lehrer und Coach. Wir haben viel gelacht, waren berührt, haben gefeilt und sind drangeblieben. Ohne ihn wäre das Buch nicht das geworden, was es jetzt ist.

Frank Urbaniok für die überzeugte Mitwirkung. Das Interview ist eine große Bereicherung.

Amsel Verlag mit **Milenko Lazic** für die begeisterte Aufnahme dieses Werkes.

Manuel Schöni, Barbara Gisler und **Katja Gaiser** fürs Gegenlesen und die wertvollen Inputs. Ihr wart mir stets eine Inspiration.

Creafactory AG, insbesondere **Sonja Gilg** für die wunderbare Gestaltung des Covers.

nice — Visuelle Gestalterei, Sidi Meier für Satz und Innengestaltung

Wolfgang Rohdewald für das Lektorat

Philippe Hubler für die tollen Autorinnenfotos

Albert Merz für das Bild auf dem Cover, das Original hängt seit vielen Jahren bei mir zu Hause

An meine **Eltern.** Sie sind mir stets ein Vorbild.

Kanton und Stadt Zug für die tolle Unterstützung.

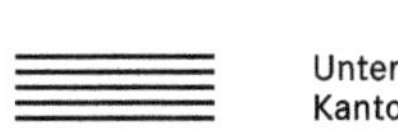

Unterstützt vom
Kanton Zug

Der Ballsaal ist voller Menschen mit venezianischen Masken. Das Orchester spielt. Alle Frauen sind nackt, die Männer tragen Anzug.

Der Größte schreitet zum Altar. Ein Bild von einem Mann: stark, schlank, herrschend. Er ist der König.

Die Musik setzt aus. Im Saal wird es schlagartig still. Vollkommen still.

Der König sieht sich um. »Meine Gespielin ist heute…«

Sie hält den Atem an.

Er zeigt mit seinem Zepter auf sie und sagt mit donnernder Stimme: »Melanie.«

Ihre Knie werden weich. Sie zittert.

Männer kommen zu ihr. Heben sie an. Legen sie sanft auf den Altar.

Der schwarze Marmor ist kalt. Ein Schauer läuft über ihren Rücken.

Alle schauen zu.

Sie ist die Auserkorene.

Der König tritt zu ihr.

Schaut sie voller Lust an.

Jeder im Saal weiß, was jetzt passiert.

Dann erwachte sie. So was gab's nicht wirklich – schön wär's, dachte sie, aber ich kriege immer nur die Langweiler ab.

Woran das wohl lag? Keine Ahnung. An ihr jedenfalls nicht. Sie sah gut aus – nicht künstlich, sondern auf natürliche Art schön. Sie war gebildet und ehrgeizig. Anfang 35, kinderlos, selbstbewusst, unabhängig – und sie war frei.

Melanie setzte sich im Bett auf, zog ihr neues MacBook Pro herüber, klappte es auf und gab ihr Passwort ein. *Kill* Das konnte *Kiss* bedeuten oder *Kill*, je nach Stimmung. Im Moment eher Kill.

Sie loggte sich in ihr Partnerwahl-Konto ein. Zur Sicherheit hatte sie gleich zwei eröffnet. Ein ehrliches und ein Fake-Profil zum Experimentieren, das sie aber selten benutzte. Sie hatte sich ein paar Kilos leichter geschummelt, obwohl sie sich nicht zu dick fand. Seither schaute sie regelmäßig nach, wer sich meldete. Selbst wurde sie nie aktiv. Das war Sache des Mannes. Sie wollte erobert werden.

Schon bald füllte sich die Inbox. Da kamen unzählige Bilder von Männern ohne Oberteil, mit Bierflasche in der Hand oder mit ihrem »besten Stück«. Oder mit einem Schnauzbart aus dem letzten Jahrtausend. Forsche Männer fragten: »Zu mir oder zu dir?« Das war so das Gängige. Dann gab es auch diejenigen, die schon zehn Minuten nach ihrem ersten Schreiben fragten: »Warum antwortest du nicht?! Hast du's nicht nötig, du Schlampe?«

Einmal bekam sie eine wunderschöne Nachricht. Beim Lesen dachte sie: Wow, der hat echt was drauf. Der ist nicht so oberflächlich wie die anderen. Der hat mein Profil tatsächlich gelesen, der versteht mich, das ist mein Typ. Ihr Misstrauen ließ sie jedoch auf dem Fake-Profil nachschauen. Und was fand sie dort? Genau den gleichen Text vom gleichen Typ.

Mit der Zeit merkte sie, dass sie auf Männer mit coolen T-Shirts und leicht zerzaustem Haar stand, die aber trotzdem stilvoll waren, irgendwie stylisch. Sie mussten einfach richtig männlich sein. Das war das Wichtigste. Das turnte sie an.

Den einen oder anderen traf sie real. Und dabei erlebte sie so einige Überraschungen.

Einer gab an, 1.85 Meter groß zu sein. Zu dem Date zog sie also nicht ihre flachen Stiefel an, sondern ihre High Heels. Als er dann einen halben Kopf kleiner war als sie, nervte sie sich ohne Ende, weil er nicht zu seiner Größe stehen konnte.

Ein 55-Jähriger gab sich als 45 aus, und als sie ihn darauf ansprach, meinte er säuerlich, er sehe eben zehn Jahre jünger aus. Sie fand das nicht und sagte es ihm auch.

Sie hielt sich an hohe ethische und moralische Ansprüche, und die stellte sie natürlich auch an die Männer. Was leider oft daneben ging.

Einige waren verheiratet oder in festen Händen. Sie behaupteten, ihre Partnerinnen seien mit dem Fremdflirten einverstanden. Wenn Melanie das mit den Frauen klären wollte, schlichen die Typen jedoch plötzlich davon.

Ein attraktiver Mann sagte, er tue alles für Frauen und verwöhne sie nach Strich und Faden. Als sie sich dann trafen – er wollte sie zum Essen ausführen – gingen sie in eine Trinkhalle und er behandelte die Kellnerin mies. Für Melanie war klar, nach der Kennenlernphase würde er sie genau so behandeln.

Und so ging das weiter und weiter und weiter.

Bis sie schließlich aufgab.

Es geht auch ohne Mann.

Dann kam das Winter-Symposium. Die Leute dort waren zum Netzwerken da. Dieser oberflächliche Small Talk war jedoch noch nie Melanies Ding gewesen. Auch keine langweiligen Steh-Lunchs, also aß sie nicht mit den anderen, sondern ging in den kleinen Burger-Laden um die Ecke.

Und dort sah sie ihn.

Im Anzug, nicht im coolen Shirt, aber eine tolle Erscheinung. Groß, schlank, gutaussehend, ein Traummann. Er biss dermaßen leidenschaftlich in seinen Burger, dass sie auf der Stelle hin und weg war – gab es etwas Männlicheres? Fasziniert beobachtete sie ihn. Einer wie der wäre der Richtige, soviel stand fest.

Sie schaute ihn an und in diesem Moment drehte er sich zu ihr. Rasch blickte sie weg, fühlte sich ertappt, so was von peinlich. Sollte sie nochmals hinschauen? Sie wollte nicht, aber sie konnte nicht widerstehen. Sie sah wieder hin. Er guckte sie immer noch an, zwinkerte verschmitzt, und nun mussten beide lachen.

Er wischte sich mit der Papierserviette den Mund ab. Warf sein Set in den Mülleimer. Kam auf sie zu.

Und ging an ihr vorbei aus dem Lokal.

Sie sah ihm hinterher. Hätte er sie geküsst, wäre sie nicht weggelaufen. Eher wie warmes Wachs zerflossen.

Er machte auch von hinten eine gute Figur. Sie schluckte. Jetzt komm mal wieder auf den Teppich, Melanie! Reiß dich zusammen und den Blick von ihm los, das wird ja langsam auffällig!

Dann kehrte sie zurück zum Symposium. Am Nachmittag folgte ein Podiumsgespräch zum Thema »Erfolgreiches Auftreten«.

Als Melanie den Gastreferenten auf der Bühne sah, verschlug es ihr den Atem.

Der Typ aus dem Burger-Laden war ein bekannter Laufbahnberater. Im Podiumsgespräch ging es darum, den optimalen Moment zu erkennen, um erfolgreich zu sein.

Er sagte: »Ihr müsst jeden Augenblick bewusst wahrnehmen. Ich hatte heute einen ganz gewöhnlichen Lunch, da bin ich jemandem begegnet. Ich habe ihr spontan zugezwinkert, und die Zeit ist stehen geblieben. Das war ein magischer Moment und hat meinen Tag versüßt.«

Melanie errötete. Sie merkte, dass es für ihn offenbar auch ein besonderer Moment gewesen war. Zum Glück saß sie sicher auf dem Stuhl. Ihre Knie waren butterweich geworden.

Vom Rest des Nachmittags kriegte sie nicht mehr viel mit.

Sie tauchte erst wieder aus dem traumartigen Nebel auf, als er nach Programmende vor ihr stand und sagte: »Wollen wir noch was trinken gehen?«

Sie wollte. Der Whiskey war erstklassig. Sie mochte den irischen, er den schottischen. Sie waren in einer Raucherlounge, obwohl Melanie Raucher eigentlich abstoßend fand, aber bei ihm störte es sie überhaupt nicht. Bisher hatte sie angenommen, dass man in einer solchen Lounge kaum atmen könne. So erging es ihr jetzt tatsächlich – aber nicht wegen des Rauchs, sondern seinetwegen. Er war so sexy. Wie er an seiner

Zigarette zog … Als er mit seinen vollen Lippen lächelte und seine schönen Zähne zeigte, wurde ihr ganz anders. Vor ihrem inneren Auge sah sie, wie sie sich die Kleider vom Leibe rissen und übereinander herfielen. Verlegen versuchte sie, diese Gedanken zu verscheuchen.

Zum Glück machten sie nach der Lounge einen Spaziergang. Die frische Luft half ihr, ihre heißen Gedanken etwas abzukühlen.

Er bot ihr seinen Arm: »Komm, nicht dass du noch auf dem Glatteis ausrutschst.«

Sie hakte sich bei ihm unter und drückte sich eng an ihn. Er roch wunderbar. So herb. Am liebsten hätte sie ihn abgeleckt. Oh, da waren diese Gedanken schon wieder! Das kannte sie gar nicht bei sich. Dieser Mann machte sie ganz wuschig – und es fühlte sich toll an.

Anschließend lud er sie zum Essen ein. »Du hast bestimmt auch Hunger.« Zielsicher öffnete er die Tür zu einem hübschen Restaurant, das im Stil eines französischen Bistros eingerichtet war. Steinboden, schwarz und weiß gekachelt, schwere Holzmöbel. Die Garçons mit Pomade im Haar und weißen Schürzen, den Blick artig nach unten gerichtet. Sie erhielten den letzten Tisch in der Mitte des Raumes. Galant rückte er ihr den Stuhl hin, und sie setzten sich.

»Hat dir das Symposium gefallen?«, fragte er.

Melanie nickte schmunzelnd. »Ich war begeistert – den richtigen Moment zu erkennen und zu nutzen, dafür habe ich heute eine lebendige Lektion erhalten.«

Sie lachten herzlich.

Er bestellte *Moules et Frites* für beide. »Das magst du doch, oder?«

»Ja, sehr sogar,« antwortete sie, obwohl sie Muscheln noch nie gegessen hatte.

Es schmeckte vorzüglich.

Sie genoss seine Anwesenheit und fühlte sich sehr verliebt. Obwohl – das konnte doch gar nicht sein, nicht nach vier Stunden, das gab es nicht, so etwas hatte sie jedenfalls noch nie erlebt.

Er bestellte die Rechnung. Rasch zückte sie ihr Portemonnaie, um ihren Anteil zu übernehmen.

»Bitte lass mich dich einladen«, sagte er. »Damit würdest du mir eine große Freude bereiten.«

Er schaute ihr tief in die Augen.

Wow, so formvollendet war sie noch nie eingeladen worden.

Sie schenkte ihm ein entzückendes Lächeln.

Er fuhr sie in seinem schwarzen Porsche nach Hause. Vor ihrer Tür verabschiedete er sich stilvoll.

Leider ohne Kuss.

Sie war enttäuscht. Obwohl sie sonst immer wartete, bis drei Dates vorüber waren, hätte sie ihn sofort mit reingenommen.

Sie vereinbarten kein weiteres Date. Was das wohl zu bedeuten hatte? Kein Interesse? War's das? Sie kriegte diese Nacht kein Auge zu.

Als sie am nächsten Tag aus der Dusche kam, blinkte eine Nachricht auf ihrem Handy. Er schrieb, sie sei wunderbar und er würde sie gerne wiedersehen. Heute Abend.

Melanie atmete tief durch. Dieser Tag im Büro würde endlos lang werden. Und sie keinen klaren Gedanken fassen können, soviel stand fest.

Am Abend trafen sie sich, um ins Kino zu gehen. Drinnen legte Melanie ihre Hand auf die Lehne, sodass es für ihn einfach gewesen wäre, sie zu berühren. Doch er tat es nicht.

Nach dem Kinobesuch brachte er sie wieder nach Hause. Er stieg aus und begleitete sie zum Eingang. Dort blieben sie stehen. Er rauchte und sie quatschten über den Film. Plötzlich schob er sie vor der Tür sanft, aber fordernd gegen die Wand und küsste sie leidenschaftlich. Dann ließ er sie los und ging.

Bleib!, schrie sie innerlich, *bitte bleib!* Doch ihr Flehen wurde nicht erhört.

Beim dritten Date kam endlich ihre erste Liebesnacht. Bei ihm zu Hause. Loft mit atemberaubender Aussicht auf die Lichter der Stadt, drinnen unendlich viele brennende Kerzen. Champagner, romantische Umarmungen, leidenschaftliche Küsse. Er verwöhnte sie durch und durch, wusste genau, wie er sie berühren musste.

Sie kam mehrmals.

Doch er schlief nicht mit ihr.

Sie ging nach Hause und drehte fast durch. Sie hatte sich noch nie so vollkommen als Frau gefühlt, so weiblich, so sexy. Endlich ein Mann, der sie verstand, der auf sie einging, für den ihre Lust sogar wichtiger war als seine eigene.

Und dann kam das nächste Treffen. Er entführte sie in ein hübsches Schlosshotel auf dem Land.

Sie fuhren gemeinsam hin. Er war ein guter Autofahrer, behielt immer die Übersicht, fuhr rassig und sicher. Für sie persönlich ein bisschen zu schnell, aber er hatte alles im Griff. Schon die Fahrt zum Schloss war ein Genuss. Sie fuhren durch die schneebedeckte Landschaft. Es war ein sonniger Tag, und der Frühling kündigte sich an. Wenn er eine Zigarette wollte, zündete Melanie sie für ihn an und reichte sie ihm hinüber.

Das gefiel ihm. »Du bist so aufmerksam, liebe Melanie!«

Es gab ihr ein gutes Gefühl, wenn sie ihm eine Freude bereiten konnte. Da war es auch egal, dass ihre Augen vom Rauch brannten.

Sie unterhielten sich über Gott und die Welt, lachten oft, besprachen auch ernste Themen und waren sich in vielem einig. Wenn nicht, hörten sie sich gegenseitig zu und fanden einen gemeinsamen Nenner.

Er schien ihr so vertraut, es war ihr, als ob sie sich schon lange kennen würden.

Irgendwie wie im Märchen. Sie konnte kaum glauben, welch großartigem Menschen sie da begegnet war. Ein Geschenk des Himmels!

Sie kamen im Schlosshotel an. Er hatte eine schöne Suite mit Kamin gebucht. Die Aussicht: atemberaubend. Das Bett: königlich.

Melanie war unruhig. Würde es heute endlich geschehen? Oder doch nicht? Vielleicht gefiel sie ihm gar nicht. War nicht sexy genug. Nicht sein Typ. Vielleicht wollte er sie bloß als gute Freundin. Vieles ging durch ihren hübschen Kopf. Solche

Unsicherheiten kannte sie gar nicht, sonst war immer alles ganz einfach, berechenbar.

Sie gingen essen. Ein Tisch für zwei. Er bestellte für beide, sie ließ es geschehen. Der Wein war schwer und gehaltvoll, so wie sie es mochte.

Zielsicher traf er ihren Geschmack – immer.

Er verlangte am Tisch nach ihrem Höschen. Ihr war mulmig zumute. Sie wusste nicht so recht, ob sie mitmachen sollte, aber etwas in ihr wollte ihm den Gefallen tun. Sie überwand ihre Scheu. Verstohlen und möglichst unauffällig streifte sie das winzige Ding ab und reichte es ihm. Ihr Herz klopfte, ihr Puls ging schnell. Er spielte mit dem Höschen in seinen Händen, roch daran und sagte mit seiner tiefen Stimme: »Heute bist du fällig.«

Ihr wurde heiß und kalt, ein Schauer lief ihr über den Rücken.

Wirklich?

Heute?

Nach dem Essen eilten sie aufs Zimmer. Endlich, endlich, endlich wäre es soweit!

Ein Feuer brannte im Kamin, sie machten es sich davor auf einer weichen Decke gemütlich. Er nahm sie in den Arm und küsste sie leidenschaftlich. Gleichzeitig zog er sie aus.

Schließlich war sie nackt. Er drang in sie ein. Kraftvoll und stark. Männlich. Fordernd. Die Wollust überkam beide und trug sie in höhere Sphären.

Sie kamen gleichzeitig. Ein noch nie erlebter, noch nie empfundener Orgasmus, der Melanie beinahe ohnmächtig werden ließ. Wäre sie in diesem Moment gestorben, hätte es ihr nichts ausgemacht. Absolut nichts.

Sie war glücklich.

Er war sehr zufrieden.

Nach diesem Wochenende trafen sie sich weiter. Er brachte ihr jedes Mal Blumen und bewunderte alles an ihr. Nächtelang führten sie Gespräche. Er lobte ihre Schönheit und Intelligenz und die einzigartige Kombination davon.

Er sagte: »Eine intelligente Frau ist für mich keine Bedrohung, nur schwache Männer haben Angst vor gescheiten Frauen.«

Er rühmte ihre Selbständigkeit, wie wichtig diese für eine Frau sei und deswegen auch für ihn. Die Komplimente wirkten berauschend wie eine Droge auf sie. Aber sie war nicht betrunken, das Glück war real. Und es würde ewig halten. Davon war sie überzeugt.

Natürlich hatte sie ihn schon am ersten Tag gegoogelt. Ronald Brinkhaus war ein erfolgreicher Geschäftsmann, Laufbahnberater und Headhunter mit eigener Firma in luftigen Büros im Glasturm.

Bei ihr selbst lief beruflich alles in gewohnten Bahnen. Kadermitglied *Human Resources* einer nationalen Telekomgesellschaft. Bei der Geschäftsleitungs-Sitzung sah der CEO sie fragend an: »Was meinen sie dazu, Melanie?« Sie meinte irgendwas dazu, weit weg mit den Gedanken, doch geschäftlich lief es für sie weiterhin bestens, sie war erfolgreich.

Ronald weihte sie in sein Business ein und hatte keine Geheimnisse vor ihr. Durch ihre Ausbildung und Erfahrung merkte sie, dass er seinen Betrieb im administrativen Bereich vernachlässigt hatte. Ihm fehlte die Zeit, um sich gebührend um solche Dinge zu kümmern. Sie sprach ihn darauf an.

Er lachte. »Du hast Recht, ich muss wirklich einen Treuhänder engagieren.«

Sie sagte: »Ich kann dich unterstützen, die Buchhaltung kriege ich schon hin.«

Er legte ihr die Hände auf die Schultern und sah ihr in die Augen. »Das würdest du wirklich tun? Das wäre mega lieb von dir!«

Er drehte sie in ihrem Bürostuhl im Kreis herum, bis ihr fast schwindlig wurde. Dann hielt er sie an und rief: »Dafür lade ich dich auf ein Wochenende nach Paris ein!«

Sie erledigte umgehend den Jahresabschluss und erhielt so einen tiefen Einblick in seine Firma. Es machte ihr Spaß, und er war begeistert: »Wir sind das beste Team der Welt!«

Und dann, eines Abends bei Luigi, nach vorzüglicher Pasta mit Langusten, sagte er zu ihr: »Auf dich habe ich mein Leben lang gewartet, dich möchte ich heiraten.«

Melanie strahlte. Sie würde ihm eine gute Ehefrau sein, mit ihm durch Dick und Dünn gehen, für ihn da sein, ihn unterstützen, wo sie nur konnte.

Ronald war beschwingt und erzählte allen, welch toller Mensch sie sei. Er nannte sie seine Frau und sagte ihr immer wieder: »Ich liebe dich. Ich will immer mit dir zusammenbleiben und mit dir Kinder haben! Möchtest du das auch?«

Ganz verliebt sagte sie: »Ja, ich will.«

Melanie war im siebten Himmel – ihr Kinderwunsch würde also noch in Erfüllung gehen. Sie beide hatten dieselben Träume, dieselben Ziele, einen gemeinsamen Kinderwunsch! Das Leben war schön, konnte nicht schöner sein. Die Schmetterlinge in ihrem Bauch flatterten in den hübschesten Farben. In besonderen Momenten, wenn sie sich all dessen richtig bewusstwurde, hätte sie vor Glück weinen können.

Obwohl sie am liebsten mit Ronald zusammen war, traf sich Melanie nach wie vor mit ihren Freundinnen auf einen Kaffee oder zum Shoppen. An einem Samstagnachmittag war sie mit Sina und Lidia unterwegs. Sie saßen vor einer hübschen Bar in der Altstadt, die Frühlingssonne wärmte ihre Gesichter. Melanie erzählte ihnen von ihrem Glück, und prompt rief Ronald an.

»Wo bist du?« fragte er.

»Du wirst es nicht glauben«, lachte Melanie, »ich bin mit Sina und Lidia in der Stadt und habe gerade von dir geschwärmt! Wir gönnen uns ein Glas Champagner, und ...«

»Schau mal nach rechts«, sagte er.

Sie drehte den Kopf und entdeckte Ronald. Er stand neben ihr.

»Was für eine Überraschung!« Melanie war verdutzt, sprang aber trotzdem auf und umarmte ihn.

Sie stellte Ronald ihren Freundinnen vor.

»So ein Zufall«, meinte Sina mit hochgezogenen Augenbrauen.

Melanie musterte Ronald. »Warum fragst du mich am Telefon, wo ich bin, wenn du es doch genau weißt?«

Ronald lächelte verschmitzt. »Ich habe eine Tracking-App auf dein Handy geladen, so kann ich dich jederzeit überraschen. Toll, nicht?«

Melanie runzelte die Stirn. »Ich mag es nicht, wenn du einfach mein Handy benutzt und Apps runterlädst und mich überwachst.«

»Er hat es bestimmt nicht so gemeint«, beschwichtigte Lidia. »Ronald wollte dich einfach überraschen, das ist doch süß.«

»Genau.« Ronald schaute Lidia tief in die Augen. »Da ist jemand nicht nur besonders hübsch, sondern hat auch noch was drin in dem schönen Köpfchen.«

Melanie traute ihren Ohren nicht. Sina fand Ronalds Verhalten ebenfalls daneben, das konnte sie an ihrem Blick erkennen.

Kurz danach verabschiedeten sich die Freundinnen.

Melanie löschte die App von ihrem Handy und wechselte auch gleich ihr Passwort.

Danach verflog ihr Ärger wieder einigermaßen, und sie versuchte den Nachmittag mit Ronald zu genießen.

Bald wollte Ronald ihre Familie kennen lernen. Seine Verwandten waren leider alle verstorben oder wohnten weit weg. Melanie wusste, dass Ronald immer eine enge Bindung zu seiner Mutter gehabt hatte. Er betonte immer wieder, wie perfekt sie gewesen war. Er meinte, er hätte von ihr den Charme und das dicke Blut geerbt und deshalb öfters Kopfschmerzen. Darum hatte er immer Aspirin dabei, das war Melanie schon aufgefallen. Und vom Vater hatte er die Intelligenz und das gute Aussehen geerbt. »Ich habe mir von beiden das Beste ausgesucht,« schmunzelte er jeweils. Melanie stimmte ihm zu.

Ronald erzählte ihr, wie er seinen Vater früh verloren hatte. Um das Einkommen aufzubessern, hatte sich sein Vater für medizinische Studien zur Verfügung gestellt. Es hieß, dass es sich um harmlose Vitaminzusätze handele, die kaum oder gar keine Nebenwirkungen hätten. Da er sowieso eher schmächtig war, versprach er sich davon auch eine Verbesserung seiner Kraft. Doch schon bald ging es ihm schlechter. Zuerst war ihm schwindlig. Die Ärzte meinten, das sei ein gutes Zeichen, das Produkt wirke gut. Doch dann verlor er das Augenlicht. Er sah alles grau und nach einer gewissen Zeit sah er gar nichts mehr. Da nahmen sie ihn aus dem Programm und stoppten die Zahlungen. Er eigne sich nicht für die Testreihe, sagten sie lapidar. Leider war der körperliche Schaden irreparabel. Sein gesamtes Nervensystem war angegriffen. Er verstarb kurze Zeit später. Exitus an Herzversagen, notierte der Arzt.

Eine Untersuchung wurde nicht eingeleitet. Schadenersatz gab es keinen. Ein Prozess, den sich seine Mutter nicht leisten konnte, wäre ohnehin aussichtslos gewesen. Kein Richter hätte ein Urteil gegen einen Pharmakonzern ausgesprochen und ihr Schadenersatz zugesprochen. Auch weitere soziale Institutionen waren inexistent. Renten existierten zwar, aber es reichte nirgendwo hin. Deshalb musste die Mutter sich einen Job suchen, den es damals für Frauen kaum gab. Sie putzte sich durch die Häuser der Reichen und ließ auch mal ein Brot oder ein paar schrumpelige Äpfel mitgehen, die den verwöhnten Kunden nicht schön genug, aber doch noch genießbar waren. So konnte sie Ronald ernähren. Doch kurze Zeit später starb auch sie, und er kam ins Waisenhaus. Mehr mochte er nicht erzählen. Überhaupt habe er bisher noch nie über seine Geschichte geredet, sagte er, aber er spüre einfach, dass er Melanie vertrauen konnte. Sie hatte Tränen in den Augen. Sie fühlte sich ihm nun ganz nah.

Als Melanie Ronald schließlich ihrer Familie vorstellte, war die Mutter hell begeistert von seiner Ausstrahlung, seinem Charisma. Melanie hatte damit gerechnet, sie kannte den Geschmack ihrer Mutter.

»Wow«, strahlte Ronald die Mutter an. »Romy, du bist so schön, wenn ich dich ansehe, weiß ich genau, dass mir deine Tochter immer gefallen wird!«

Romy lächelte.

Der Vater war eher abwartend und still. Ein Vater eben, der das Beste für seine Tochter wollte…

Ronald schwärmte in den höchsten Tönen von Melanie und betonte, wie sehr er sie liebe. Er werde sie stets wie eine Prinzessin behandeln und immer gut zu ihr sein. Er erzählte auch von seinem gutgehenden Geschäft und wie er Melanies Unterstützung mit dem komplizierten Papierkram schätze.

Anerkennend betrachtete er die große Uhr an Romys feinem Handgelenk. »Du hast ein gutes Händchen für schöne Sachen!«

Sie nickte stolz. »Eine Rolex ist zeitlos, und diese Daytona habe ich mir immer gewünscht. Hans hat sie mir zu unserer Perlenhochzeit geschenkt. Er hat dieselbe, aber in schwarz.«

Melanies Bruder Alex war ohne seine Frau Marianne gekommen. Er verhielt sich den ganzen Abend abweisend, musterte Ronald und sagte nicht viel. Melanie spürte, dass er Ronald nicht mochte. Das nagte an ihr. Alex war ihr sehr wichtig und sie wollte unbedingt, dass ihre liebsten Männer sich gut verstanden. Aber Alex war grundsätzlich ein eher misstrauischer Mensch. Wahrscheinlich hatte das mit seinem Beruf zu tun. Er war Polizist.

Am Tag danach traf sich Melanie mit ihrer Mutter und ihrem Bruder in der Stadt. Das taten sie hin und wieder. Romy wählte eine neu eröffnete Kaffeebar, italienisch, stylisch eingerichtet: Moderne, metallfarbene Wände, passend zum dunklen Holzboden, die Möbel chic, nicht zu viel, nicht zu wenig. Keine Blumen, kein Schnickschnack. Aber dafür eine edle Kaffeemaschine. Barista Gianni sah betörend aus mit seinen dunklen Augen, die tief in Seelen blickten. Kein Wunder, war die Bar voller Frauen.

»Kaffee ist das halbe Leben«, sagte Romy, »und bei Gianni schmeckt er besonders lecker.« Jaja, Mutter flirtete für ihr Leben gerne.

Sie bestellten Cappuccino und Gebäck.

»Iss nicht zu viel«, meinte sie zu Melanie, »achte besser auf deine Figur! Jetzt hast du zum ersten Mal einen richtigen Mann nach Hause gebracht – Ronald ist ein Prachtkerl! Ich hoffe, du vermasselst das nicht! Gib dir Mühe! Du weißt, einem Mann von diesem Kaliber muss man den Rücken freihalten. Du siehst, wie ich es mit Vater gehalten habe. Deshalb sind wir heute noch glücklich verheiratet. Wir haben eine schöne Beziehung, weil ich meine Bedürfnisse zurückstecke.«

Alex schüttelte den Kopf. »Mutter, lass Melanie doch. Sie ist eine starke, selbständige Frau. Die Zeiten sind vorbei, als eine Frau dem Mann dienen musste.«

Mutter verzog den Mund. »So, sind sie das?«

»Ja, ich lebe als Mann eine gleichwertige Beziehung und unterstütze meine Marianne voll und ganz, und sie mich. Außerdem bin ich nicht sicher, wer sich bei euch wem unterordnet. Du kriegst immer, was du willst. Alles dreht sich immer um dich.«

»So, so.« Romy war eingeschnappt. »Ist das der Dank dafür, dass ich immer alles für euch getan habe? Nur schon bei den Schulfesten – keine andere Mutter hat so große und schöne Kuchen gebacken wie ich!«

»Ja, aber nicht, weil du selbstlos warst, sondern damit du die volle Aufmerksamkeit von allen auf dich ziehen konntest. ›Oh, Frau Direktor, wo haben sie nur immer diese wunderbaren Ku-

chenrezepte her? Sie sind einfach die Beste!‹ Der Applaus –
egal von welcher Seite – war dir immer wichtig.« Alex schaute
sie an. »Aber der einzige, der uns getröstet und in den Arm
genommen hat, wenn's uns richtig mies ging, war Vater.«

»Sei ruhig!«, zischte Mutter. »Du hast ja keine Ahnung, wie
ich mich immer für euch aufgeopfert habe!« Sie schniefte und
wischte sich eine Träne weg.

Danach war es für einen Moment still.

Melanie mochte solche Spannungen nicht. Also versuchte
sie, die Situation zu entschärfen. »Bei mir und Ronald ist alles
okay – er respektiert mich und lässt mir alle Freiheiten. Ich
helfe ihm manchmal, weil es mir Freude bereitet, nicht weil er
es von mir erwartet. Er mag starke Frauen und nimmt mich,
wie ich bin.« Insgeheim war sie froh, dass sie in diesem Punkt
mit Alex einer Meinung war und hoffte, er würde Ronald nun
zumindest ein bisschen mögen.

Diese Hoffnung zerschlug sich rasch, als Alex sagte: »Ich
traue ihm nicht.«

Melanie verbrachte nun immer mehr Zeit in Ronalds Geschäft. Er servierte ihr Kaffee, stellte frische Blumen hin und sie genossen die gemeinsame Zeit. Manchmal kam es vor, dass er alles vom Pult fegte, sie auf den Tisch legte und lustvoll nahm.

Diese Überraschungen liebte sie besonders. Sie wusste nie genau, was als Nächstes passieren würde. Er war unberechenbar. So blieben auch Alltagssituationen spannend, und sie fühlte ständig dieses Kribbeln in sich, überall, am ganzen Körper.

In der laufenden Buchhaltung erfasste Melanie viele Ausgaben, die Ronalds Einnahmen überstiegen. Sie sprach ihn darauf an.

Er sagte: »Wenn man erfolgreich sein will, ist es unverzichtbar, dass man in sein Image investiert. Das Geld kommt schon rein, mach dir keine Sorgen.«

Melanie verstand, was er meinte und sah, dass er tatsächlich immer erfolgreicher wurde. Sie begleitete Ronald gerne an Anlässe und verband ihre Arbeit optimal mit seiner Agenda.

Bei einem Netzwerkanlass wurde ihm eine Firma angeboten – *Viktorias Inspiration*, ein Beratungsunternehmen wie sein eigenes, doch mit einem anderen Tätigkeitsfeld: Persönlichkeitsentwicklung mit Kursen für Körperarbeit und dergleichen.

Ronald schaute sich das Unternehmen an, rechnete nach und merkte: Das könnte lukrativ sein. Die Firma lief sehr gut, Besitzerin Viktoria führte das Unternehmen schon seit 20 Jahren und hatte sich einen Namen gemacht. Sie wollte sich nun vom Geschäft zurückziehen und wünschte sich eine gute Nachfolgeregelung. Eine einmalige Chance, erkannte Ronald und wusste, er musste schnell zugreifen.

Auch Melanie war von *Viktorias Inspiration* begeistert. Sie wusste, dass sich solche Kurse immer größerer Beliebtheit erfreuten. Ihr Bruder sprach hie und da von Selbstfindungskursen und betonte, wie wichtig es sei, die eigene Persönlichkeit zu entwickeln. Als Melanie das Ronald erzählte, mussten beide kichern. Sie selbst hielten nicht viel davon, schließlich hatten sie das nicht nötig. Sie standen mit beiden Beinen auf dem Boden. Aber klar, nicht jedem waren gesundes Selbstbewusstsein und Erfolg in die Wiege gelegt worden wie ihnen. Und für diese Menschen waren solche Seminare sinnvoll.

Ronald meinte: »Ich kann diese Kurse selbst durchführen, das kann ja nicht so schwierig sein. Kursleiter sind teuer. Wenn wir die Lektionen selbst durchführen, können wir diese Kosten einsparen. Man muss sich nur gut verkaufen können. Und das kann ich.«

Er schaute sie an. »Der Haken ist – allein geht es nicht, ich müsste noch eine gute Partnerin haben. Du bist doch so einfühlsam und kompetent, du könntest das bestimmt!«

Sie schluckte. »Ich habe einen Job ...«

Er lächelte. »Als Angestellte bist du abhängig von einer Firma, es ist nicht dein eigenes Ding. Du bist dazu geboren, für dich einzustehen, von deiner Leistung zu profitieren, in deine eigene Tasche zu wirtschaften. Das ist dein Ding.«

Melanie überlegte sich alles reiflich. Dann kündigte sie ihre Stelle in der Telekomgesellschaft. Allerdings unter der Bedingung, dass Ronald ihr als offizielle Partnerin im neuen Unternehmen die Geschäftsführung überließ, das war ihr wichtig.

Diese Idee fand er super. »Es ist überhaupt kein Problem für mich, wenn du die Chefin bist!«

Er ging als Zeichen seines absoluten Vertrauens sogar so weit, die Firma im Handelsregister gleich ganz auf sie einzutragen, damit alles klipp und klar war. Er vertraute ihr zu hundert Prozent. Und sie ihm.

Er war ihr Seelenpartner. Das wusste sie.

Viktoria hatte den romantisch naiven Glauben, mit *Viktorias Inspiration* die Welt verbessern zu können. Mit Herzblut hatte sie das Unternehmen aufgebaut, und es war ihr wichtig, dass ihr Geist in den Kursen erhalten blieb. Sie führten intensive Übernahmegespräche.

»Viktoria, mach dir keine Sorgen,« sagte Ronald, »wir sind Menschen, die offen sind für Entwicklung und Erfahrungen. Das ist die Voraussetzung für Erfolg, insbesondere in dieser zwischenmenschlichen Branche. Mit diesem Wissen sind wir geboren, und wir pflegen das täglich, auch in der Partnerschaft. Wir wollen Bewährtes erhalten und mit Modernem kombinieren, und wir sind davon überzeugt, dass wir das schaffen.« Er brachte das mit totaler Begeisterung und Hingabe.

Viktoria wandte sich an Melanie, die bisher still gewesen war. »Wie stehst du dazu?«

»Ich sehe das genauso, und ich möchte auch die bestehenden Frauenkurse weiterführen. In meiner Kaderposition fühlte ich mich oft alleine unter Männern und ging mit meinem Wissen und meiner Kompetenz unter. Das möchte ich ändern, indem ich Frauen stärke.«

Viktoria schien mit dieser Antwort zufrieden zu sein und vertraute den beiden schließlich ihre Firma an.

Nach der Unterzeichnung der Papiere gönnten sich Melanie und Ronald als Krönung ein Wochenende in Paris. Ronald buchte alles. Sie zahlte ihren Anteil. Das war ihr wichtig. Sie wollte nicht, dass er sie unterhalten musste. Ihre Unabhängigkeit und Selbständigkeit wollte sie auf diese Weise untermauern, und er bewunderte das an ihr.

Melanie war schon mehrmals in Paris gewesen, aber noch nie mit Ronald. Diesmal war alles anders. Sie fühlte den Puls der Stadt im ganzen Körper.

Am ersten Abend sahen sie sich eine Show im Moulin Rouge an. Gemäß seiner Anordnung trug sie ein enganliegendes Kleid aus weichem Stoff, darunter nichts. Erotisch, betörend. Die Show und ihr Körpergefühl.

Sie fand es reizvoll, dass er ihr sagte, was sie anzuziehen hatte. Sie genoss seine Dominanz, gerne erfüllte sie seine Wünsche.

Auf dem Rückweg zum Hotel packte er sie plötzlich am Arm und drückte sie in eine Seitengasse. Dort musste sie sich an die Wand stellen und ihre Beine spreizen.

Er hob ihr Kleid, packte sie kraftvoll und drang von hinten in sie ein. Ihn so männlich in sich zu spüren, war wie ein Feuerwerk für sie. Eigentlich wollte sie sich wehren, aber irgendwie doch nicht. Sie wollte flüchten und gleichzeitig mit aller Kraft stehen bleiben. Sie war hin und her gerissen und entschied, sich ihm hinzugeben.

Er kam sehr schnell, ihr stockte der Atem vor Lust.

All das dauerte kaum drei Minuten, und sie gingen Hand in Hand weiter ins Hotel, als wäre nichts gewesen.

Beim Frühstück kam sie darauf zurück. »Sag mal, was machst du eigentlich mit mir? Solchen Sex habe ich noch nie erlebt. Ich bin doch eine emanzipierte Frau – wie kann es sein, dass ich mich überhaupt auf so was einlasse? Es ist das Gegenteil von dem, was ich kenne, was ich lebe, das Gegenteil von Gleichberechtigung, von Emanzipation.«

Ronald lächelte. »Wer sich bewusst hingibt, kann nicht unterdrückt werden. Simone de Beauvoir hat das gesagt, und sie hat Recht. Melanie, du bestimmst, dass ich dich dominiere – du unterwirfst dich nicht, du gibst dich hin. Das ist das größte Geschenk, das eine Frau einem Mann machen kann. Wie fühlst du dich denn dabei?«

Sie schluckte. Sollte sie sagen, dass sie sich wunderbar fühlte? Dass sie ewig auf einen Mann wie ihn gewartet hatte? Dass sie ihre Weiblichkeit neu entdeckte und dass ihr das unendliche Lust bereitete?

Ja, sie sagte es ihm.

Er war sehr zufrieden.

An diesem Tag kaufte er ihr ein Kleid von Dior. Sie hatte schon lange damit geliebäugelt. Er wusste es. Wie aufmerksam! Es passte perfekt zu ihren schwarzen High Heels, und sie behielt es gleich an.

Sie spazierten durch die Champs-Élysées, hielten sich an den Händen, küssten sich, redeten, genossen die gemeinsame Zeit.

Plötzlich fragte er sie: »Wollen wir auf dem Eiffelturm essen?«

»Oh ja, davon träume ich schon lange! Meinst du, wir kriegen einen Tisch? Das ist sicher sehr schwierig ohne Reservierung.«

Ronald zwinkerte ihr lächelnd zu. »Wir werden sehen.«

Auf dem Turm im Restaurant angekommen, erhielten sie tatsächlich einen Tisch – und noch dazu am Fenster!

Melanies Augen leuchteten. »Du hast schon längst reserviert!«

»Für dich tue ich alles, Melanie.«

Sie schmolz. In den Armen dieses Mannes war sie sicher – dieses Gefühl breitete sich wohlig in ihrem ganzen Körper aus.

Ronald bestellte Champagner, und sie genossen die atemberaubende Aussicht. Melanies Blick blieb an der Brandruine der Kathedrale von Notre Dame hängen. »Wie traurig«, murmelte sie.

Er nickte. »Manchmal wird etwas zerstört, aber das Fundament bleibt bestehen, und darauf kann man wieder bauen, selbst wenn es ausweglos erscheint. Das gilt auch für Beziehungen. Ich glaube, viele Partnerschaften gehen auseinander, ohne dass man ernsthaft versucht, daran zu arbeiten. Dabei gibt es immer einen Weg.«

Die Worte berührten Melanie. Sie war genau derselben Meinung. Viele ihrer Freundinnen gaben ihrer Beziehung keine Chance und trennten sich, bloß um bald darauf wieder in derselben Misere zu stecken. Irgendwann gaben sie dann auf und kauften sich einen Hund oder eine Katze.

Ronald hatte ein exquisites Dreigang-Menü geordert. Still betrachteten sie dazu den Sonnenuntergang, der die ganze Stadt in goldenes Licht tauchte.

Plötzlich kam ein Geigenspieler an ihren Tisch. Er spielte den Song *I will always love you* von Whitney Houston.

Melanies Lieblingslied. Sie schluckte. Es konnte doch kein Zufall sein, dass der Mann ohne Absprache ausgerechnet diesen Song spielte! Hatte Ronald auch das eingefädelt? Dachte er denn eigentlich an alles, hatte er jede Kleinigkeit für diesen Moment vorbereitet? War es das, was man landläufig unter dem Begriff »Auf Händen tragen« verstand?

Sie schaute ihn an.

In diesem Augenblick stand Ronald auf.

Er ging vor ihr in die Knie und lächelte sie an. »Melanie, ich liebe dich. Willst du meine Frau werden? Willst du mich heiraten?«

Ihr Herz stand still. Tränen traten in ihre Augen.

»Ja«, hauchte sie überglücklich. »Ja, ich will.«

Die nächsten Tage leuchtete sie heller als der funkelnde Diamant an ihrem Finger. Sie war sicher, ihre Liebe würde bis in alle Ewigkeit halten. Bis dass der Tod sie scheidet.

Zurück zu Hause verkündeten sie die frohe Botschaft.

Mutter war verzückt.

Alex verschloss die Lippen.

Vater räusperte sich. »Überlegt es euch gut«, sagte er. »Heutzutage muss man nicht mehr heiraten. Aber wenn es für euch wichtig ist, gebe ich euch meinen Segen.«

Melanie war irritiert. Positiv klang das ja nicht gerade.

Selbst Mutter war perplex und hieß Ronald umso überschwänglicher in der Familie willkommen. »Ich könnte mir keinen besseren Schwiegersohn vorstellen, Ronald! Es ist mir eine Ehre, dass du Teil unserer Familie wirst.«

Und mit verdrehten Augen fügte sie hinzu: »Hör nicht auf Hans, der hat bloß Angst, seine einzige Tochter zu verlieren.«

Ronald lächelte. »Ich werde gut auf eure Tochter aufpassen, das verspreche ich!«

Doch das seltsame Verhalten ihres Vaters ließ Melanie keine Ruhe. Sie verabredete sich mit ihm. Sie wollte wissen, was los war.

Er wollte sich an einem Nachmittag in einem Lokal vor der Stadt mit ihr treffen. Wie sich herausstellte, war es eine Spelunke mit ein paar Rockern vor der Tür, die gerade ihre heißen Maschinen verglichen. Seltsam – was in aller Welt führte ihren Vater hierher?

Melanie ging mit mulmigen Gefühlen hinein.

Die Jalousien ließen nur wenig Licht ins Lokal. Die Luft roch nach abgestandenem kaltem Rauch und der Teppich nach eingetrocknetem Whiskey und Bier.

Zu dieser frühen Tageszeit war noch kaum jemand da.

Ihr Vater saß an einem Tisch vor einem halbvollen Bierglas. Sie setzte sich zu ihm.

»Melanie«, begann er ohne Umschweife. »Ich werde dir jetzt ein paar Dinge erzählen, die ich dir schon längst hätte erzählen sollen.«

Melanie schluckte leer. Was in aller Welt käme denn jetzt?

Er räusperte sich. »Deine Mutter und ich heirateten, als sie schwanger war. Das war in einer Zeit, in der man eine schwangere Frau heiraten musste. Meine Mutter hat mich unter Druck gesetzt, und so habe ich es eben getan. Ich dachte, ich verliebe mich dann schon irgendwann in Romy, irgendwie würde es schon gehen. Und irgendwie war ich auch stolz, dass ich so jung schon eine Familie haben würde, Frau und Kind. Ich wollte euch das Beste bieten. Deshalb war mir meine Karriere wichtig. Noch wichtiger war sie deiner Mutter. Romy hat mich angetrieben. Meine Beförderungen waren unsere glücklichsten Momente, die feierten wir ausgiebig. Romy hat mich immer unterstützt und mir gute Tipps gegeben, wie ich meine wachsende Macht nutzen konnte – und sei es auch durch hinterhältige Intrigen.«

»Was?«, entfuhr es Melanie. »Höre ich richtig?«

Vater nickte. »Das klingt jetzt alles nicht sehr schön, Melanie, aber es muss raus. Ich bin zwar nicht grade über Leichen gegangen, aber ich ging sehr, sehr weit. Deine Mutter ließ mich zum Beispiel immer wieder Gerüchte streuen, um anderen zu schaden. Sie ist eine Weltmeisterin der Intrige und Manipulation.«

Melanie verschlug es die Sprache. Fassungslos starrte sie ihn an.

»Ich hatte zum Beispiel eine Assistentin«, erzählte Hans. »Die war sehr geschwätzig – also habe ich ihr erzählt, mein Kumpel hätte gesagt, die Person X habe etwas Unsittliches getan, sie dürfe es aber niemandem sagen. Und was hat sie gemacht? Natürlich hat sie herumgetratscht, mein Kumpel hätte das gesagt. Wenn das dann rauskam, waren alle böse auf ihn, und wenn nicht, waren sie böse auf Person X. So waren alle ständig mit diesen Spielchen beschäftigt und führten einen Krieg, den ich angezettelt hatte, was aber niemand realisierte.«

Melanie fand noch immer keine Worte. Irgendwie kam ihr das Ganze unwirklich vor. War das ihr Vater? Hatte sie sich all die Jahre völlig in ihm getäuscht?

Er nahm einen Schluck Bier und stellte das Glas wieder ab. »Wenn's um Beförderungen ging, hatten alle ihre Gegner, bloß ich nicht. So kam ich schnell vorwärts. Dazu kam noch, dass ich immer eine überzeugende Art hatte. Die Menschen sind mir gefolgt, haben mir alles abgekauft, und wenn sie merkten, dass nichts so war, wie sie dachten, war ich längst über alle Berge – mit einem fetten Bonus in der Tasche. Die Regie in diesen Tragikomödien führte deine Mutter.«

Melanie schwieg. Sie stand auf und ging zur Bar. Jetzt brauchte sie einen Drink.

Mit dem Glas in der Hand setzte sie sich wieder hin und sah Hans abwartend an.

»Überall war ich erfolgreich«, sagte er. »Alles gelang mir mit Leichtigkeit. Ich dachte an mich und meine Familie, der Rest war mir egal. Nur eins lief nicht nach Wunsch.« Er schaute sie an. »Traurigerweise verlor Romy unser Kind. Das traf mich mehr, als ich gedacht hätte. Viel mehr. Sie schob die Schuld auf mich. Ich wäre zu weich und das Kind habe vielleicht gespürt, dass ich die Existenz der Familie nicht genügend sichern könnte. Du kannst dir vorstellen, wie mich das verletzte. Ich strengte mich noch mehr an und war zu praktisch allem bereit. Romy erwähnte irgendwann, ein Schulfreund von mir habe einen Direktionsposten bei der Bank ergattert, obwohl der eigentlich etwas für mich gewesen wäre. Ich solle mich schlau machen. Also traf ich mich mit Dave, um ihm zu gratulieren – und um herauszufinden, wie er den Posten ergattert hatte. Schließlich war er nie der beste Schüler gewesen, sogar einiges schlechter als ich, und auch nicht grade zuverlässig. Er freute sich sehr über unser Wiedersehen. Wir tranken ein paar Bier. Einerseits beneidete ich ihn, andererseits gönnte ich ihm den Erfolg. Als er dann schon einiges intus hatte, erzählte er schließlich, dass er den Job nie gekriegt hätte, wenn sie seinen Strafauszug gesehen hätten. Eine Jugendsünde war noch aktenkundig – als 18-Jähriger hatte er das Auto der Eltern seiner Freundin geklaut und den Wagen auf einer Spritzfahrt dummerweise in einen Graben gesetzt. Außer Blechschaden war nichts passiert, doch die Polizei nahm den Fall auf. Eigentlich ging das Ganze recht glimpflich aus – er beglich den Schaden, durfte die Freundin leider nicht mehr sehen, und er wurde zu etwas Sozialarbeit verdonnert. Das Schlimme aber war, dass er einen Strafeintrag kassierte, der erst zehn Jahre später gelöscht wurde. Aber das alles war ja jetzt Geschichte, er hatte eine Frau und zwei Kinder, ein Haus mit Garten und einen tollen Job – noch mal Glück gehabt! Dave bedankte sich fröhlich, es wäre schön gewesen, mit einem alten Freund zu plaudern. Ich ging heim, und als ich die Geschichte deiner Mutter erzählte, lächelte sie verschmitzt.«

Hans stand auf und holte sich ein neues Bier. Als er sich wieder an den Tisch setzte, erzählte er weiter. »Kurz darauf las ich in der Zeitung, dass Dave fristlos gekündigt worden war. Keiner wusste genau warum, sie hatten Stillschweigen vereinbart. Ich erinnere mich noch, dass ich ihm wenig später im Einkaufscenter begegnete. Er warf mir einen vernichtenden Blick zu. Romy zog mich zur Seite und wir verließen den Laden schnell. Einige Tage darauf erhielt ich einen Anruf von der Bank – sie boten mir Daves Job an. Die Sache kam mir ein wenig seltsam vor, aber natürlich nahm ich den Posten glücklich an.«

Hans machte eine Pause. Dann setzte er sein Bierglas an und trank es halb leer. Offenbar brauchte er Mut für das, was jetzt kam. »Romy wurde wieder schwanger und dein Bruder Alex kam zur Welt. Er kam mir irgendwie fremd vor. Die Beziehung zwischen deiner Mutter und mir wurde zusehends schwieriger. Sie entzog sich mir immer öfter. Und… als ich eines Tages früher nach Hause kam, erwischte ich sie mit dem CEO der Bank im Bett. Ich stellte sie zur Rede. Sie brauste auf, ich solle ihr gefälligst dankbar dafür sein, dass sie mir auf diese Weise den Direktorenjob besorgt habe, ich selbst wäre ja dazu nicht in der Lage.«

Er blickte auf und schaute Melanie in die Augen. »Was ich dir jetzt erzähle, darf Alex nie erfahren. Versprich mir das, er weiß nichts davon.«

Sie überlegte kurz. Dann nickte sie.

Hans atmete tief ein. »Alex ist nicht mein Sohn. Ich habe zwar nie einen Test machen lassen, aber ich weiß es – er gleicht dem CEO aufs Haar. Die roten Haare hat er von ihm. Trotzdem habe ich Alex angenommen und geliebt wie mein eigenes Kind. Aber damals ist in mir etwas zerbrochen. Alles, was für mich davor wichtig gewesen war, hatte nicht mehr denselben Stellenwert. Karriere, Erfolg… das konnte mir nun irgendwie gestohlen bleiben. Ich schlief nur noch mit Romy, weil ich mir sehnlichst ein eigenes Kind wünschte. Seit sie dann mit dir schwanger war, habe ich sie nie mehr berührt. Sie versuchte weiterhin mit allen Mitteln, mich zu pushen, zu manipulieren, mir Türen zu öffnen, aber was alles andere betrifft, lebten wir all die Jahre nebeneinander her. Ich weiß, dass sie die Beziehung mit dem CEO noch jahrelang aufrecht hielt. Du und Alex, ihr seid alles für mich. Für euch habe ich Romy ertragen. Ihr seid jetzt erwachsen und führt euer eigenes Leben, und ich mache mir immer häufiger Gedanken, Romy zu verlassen. Habe ich nicht auch ein Recht auf Glück?«

Melanie schluckte leer. Sie kriegte kein Wort heraus nach allem, was sie gehört hatte.

Hans griff über den Tisch und hielt ihre Hand. Sie zuckte ein wenig zusammen. »Melanie«, sagte er, »hör jetzt gut zu. Ich möchte dir all das ersparen und dich warnen. Ich erkenne in Ronald deine Mutter. Die beiden ticken ähnlich, deshalb vergöttert sie ihn so sehr und will dich unbedingt in seine Arme treiben. Sie glaubt, er sei perfekt, weil er so ist wie sie. Aber ich vermute, er liebt dich nicht wirklich, sondern spielt ein Spiel

mit dir, benutzt dich nur. Er ist nicht so stark, wie er sich gibt –
er braucht die Bewunderung, redet ständig über sich. Das gibt
mir zu denken. Jetzt seid ihr noch verliebt, aber eine Ehe ist
eine langfristige Herausforderung. Der Alltag wird euch ein-
holen, du wirst seine Schwächen erkennen und ihn weniger
anhimmeln. Das wird er nicht ertragen und sich die Aufmerksamkeit auswärts holen. Deiner Mutter habe ich damals auch
nicht mehr genügt. Ständig hat sie Anerkennung von andern
gebraucht, sie war richtig süchtig danach. Melanie, glaub mir,
Ronald ist wie deine Mutter, und du wirst neben ihm verwel-
ken wie eine Blume, die nicht getränkt wird. Bitte heirate ihn
nicht. Ich verlange nicht einmal, dass ihr euch trennt – aber
heirate ihn nicht, bleibt einfach so zusammen, wer braucht
denn heutzutage schon einen Trauschein.«

Melanie sah ihn an. Dachte nach. Ließ sich alles eingehend
durch den Kopf gehen.

Dann schaute sie auf. »Du brauchst dir keine Sorgen um
mich zu machen, Vater. Ich bin eine starke, selbstbewusste
Frau, die auf eigenen Füssen steht. Bei Ronald und mir ist es
anders als bei euch damals. Danke, dass du mir das alles erzählt hast – es ist dir bestimmt nicht leichtgefallen. Aber ich
weiß, Ronald und mich verbindet eine große, wahre Liebe. Wir
passen perfekt zueinander. Ich werde ihn heiraten – er ist der
Mann meines Lebens. Aber danke für dein Vertrauen. Und Alex
werde ich selbstverständlich nichts erzählen.«

Vater nickte. »Pass auf dich auf, Melanie. Ich bin immer für
dich da, wenn du mich brauchst.«

Sie erhoben sich.

Auf dem Weg zum Ausgang verabschiedete Hans sich von allen Gästen mit Namen. Er schien jeden hier zu kennen.

Diese seltsame Umgebung passte nicht zu ihm, aber irgendwie passte gar nichts mehr zu ihm. Melanie hatte ein völlig neues Bild von ihm bekommen. Und auch von ihrer Mutter.

Abends erzählte sie Ronald alles, schließlich vertraute sie ihm voll und ganz.

Er hörte ruhig zu. Dann meinte er: »Dein Vater vermischt offenbar seine Geschichte mit unserer. Er ist schwach und hat alles mit sich machen lassen. Du bist ganz anders. Mach dir keine Sorgen. Unsere Beziehung ist einzigartig, und keiner kann wirklich erkennen, wie groß unsere Liebe ist.«

Nun war für Ronald auch klar, warum Alex so distanziert zu ihm war. »Selbst wenn Alex nicht weiß, dass er ein Kuckuckskind ist, fließt doch fremdes Blut in seinen Adern, und er missgönnt dir offenbar alles: die Zuwendung deines Vaters, deinen Erfolg im Beruf, und jetzt auch noch die Liebe zu mir, dein großes Glück.«

Stimmt, dachte Melanie, das leuchtet ein. Alex ist bloß eifersüchtig.

Zur Verlobung erschien Alex nicht. Danach wollte er sich mit ihr im Park treffen, allein. Dabei ließ sie ihn gar nicht erst zu Wort kommen. »Du bist nur neidisch auf mich«, sagte sie offen. »Auf mein Leben, auf alles, was ich habe. Wir beide standen uns zu nah, und jetzt erträgst du's nicht, dass ein anderer Mann für mich wichtiger ist als du.«

Er wollte etwas sagen, doch sie stand von der Parkbank auf. »Lass mich mit deiner Eifersucht in Ruhe – kümmere dich um dein eigenes Leben!«

Alex war verstört. Er stand ebenfalls auf. »Melanie, ich will doch nur dein Bestes. Ich kenne Typen wie Ronald zur Genüge. Unzählige Male habe ich Frauen gesehen, die man vor solchen

Männern beschützen musste. Das Gesetz kommt allerdings erst zum Zug, wenn etwas Schlimmes passiert ist, und dann ist es oft zu spät. Für dich ist es noch nicht zu spät, Melanie. Zieh die Notbremse. Leg die rosarote Brille ab. Mach dir nichts vor.«

»Auf Wiedersehen«, sagte Melanie und ging davon.

»Warte!«, rief Alex.

Sie blieb stehen.

Er trat zu ihr. »Ich hoffe, dass ich mich in Ronald täusche. Ich wünsche dir von Herzen viel Glück. Bitte versprich mir einfach, dass wir uns weiterhin regelmäßig treffen.«

Sie sah ihn an. Nickte.

Er küsste sie auf die Stirn und stand auf.

Melanie schaute ihm noch lange hinterher, wie er mit gesenktem Kopf am Teich entlang zum Ausgang des Parks ging. Sie wusste, dass er sie liebte. Und sie wusste auch, dass Ronald sie liebte. Unerschütterlich.

Am Abend folgte ein Treffen mit ihrer Mutter. Dieses verlief vollkommen anders. Romy wollte, dass Ronald dabei war. Sie hob am Couchtisch das Champagnerglas und sagte: »Melanie, du hast mit Ronald den Sechser im Lotto gezogen!«

Melanie lächelte erleichtert. Wenigstens Mutter begrüßte ihre Beziehung und freute sich mit ihr.

»Auf euch«, sagte Romy. »Ihr seid ein wunderbares Paar, und wenn du alles richtig machst, Melanie, werdet ihr sehr, sehr erfolgreich und glücklich sein.«

Ronald stieß mit ihr an. »Liebe Schwiegermutter, oder darf ich Mama sagen?«

Romy nickte lächelnd.

»Deine Tochter ist schlicht und einfach einzigartig. Ein Juwel. Sie weiß ganz genau, was eine Frau tun muss, um einen Mann glücklich zu machen. Du hast ihr alles perfekt beigebracht. Deshalb passen wir so wunderbar zusammen. Und ich finde es schön, dass sie in dir ein so gutes Vorbild und eine so große Stütze hat.«

Er drehte sich zu Melanie, zog sie in seine Arme und küsste sie.

Sie hatte nicht gewusst, dass sie für sein Glück verantwortlich war. Seine Aussage ärgerte sie. Aber wahrscheinlich hatte er es nicht so gemeint. Sie sah, wie ihre Mutter strahlte, und wollte den Moment nicht ruinieren. Doch auf eine seltsame Art fand sie das Ganze irgendwie surreal. Mit den Worten von Vater und Alex in den Ohren kam sie sich fast vor wie in einem Theaterstück, bei dem der Regisseur noch nicht genau wusste, wie es enden sollte.

Ronald schlug Melanie vor, bei ihm einzuziehen, schließlich waren sie jetzt verlobt und würden schon bald heiraten.

»Mein Daheim ist auch dein Daheim«, sagte er. »Es soll dir an nichts mangeln.«

Melanie war einverstanden und fand schnell einen Abnehmer für ihre Wohnung. Ihre Designermöbel brauchte sie nicht mehr und gab diese an Freundinnen ab, die sich darüber freuten. Sie packte ihre persönlichen Gegenstände und Kleider und verstaute sie bei Ronald.

Sie genoss das neue Lebensgefühl. Es war wunderbar, abends an Ronalds Schulter einzuschlafen und morgens an seiner Seite aufzuwachen.

Melanie übernahm *Viktorias Inspiration* und investierte einen großen Betrag von ihrem eigenen Geld. Es war ja schließlich ein florierendes Unternehmen, und so etwas hatte eben seinen Preis. Gemeinsam mit Ronald überarbeitete sie das Konzept und begann, Kurse anzubieten. Die waren sehr gut gebucht, der jahrelange Aufbau von Viktoria trug Früchte. Melanie und Ronald klatschten sich am Feierabend ab. Sie waren ein Winner-Team, so viel stand fest.

Ronald übernahm die Burnout-Klienten sowie die Paar-Workshops und die Orientierungs-Coachings. Dafür hatte er eine blendende Idee: »Ich mache nur die Erstgespräche, danach lasse ich Praktikanten arbeiten. Schließlich ist der Verkauf meine Stärke, der Rest interessiert mich nicht wirklich.«

Melanie nickte. Sein großes Talent hatte sie ja schon bei seinem Podiumsgespräch erkannt. »Du bist in allem, was du sagst, vollkommen glaubwürdig«, meinte sie anerkennend.

Er lächelte zufrieden. »Ich bin ein guter Schauspieler. Das ist hilfreich. Wenn es sein muss, kann ich sogar auf Kommando weinen!«

Ronald engagierte ausgebildete Coaches und Psychologen, die für ihr Diplom oder ihre Masterarbeit ein Praktikum absolvieren mussten. Die waren günstig, und unter dem Strich blieb viel Geld in Ronalds Topf.

Zudem hatte er auf diese Weise eine Auswahl an Kandidaten, die er über seine Headhunter-Firma vermitteln konnte. Somit kassierte er doppelt. Wenig Arbeit, viel Lohn.

Gleichzeitig begann Melanie mit Aufbaukursen für Frauen in der Wirtschaft: Frauen in Spitzenpositionen hieß der Kurs. In diesem Bereich fühlte sie sich kompetent, und sie konnte ihre persönlichen Erfahrungen als Human Resources-Managerin einfließen lassen. Vielen Frauen mangelte es an Selbstwertgefühl, sie nahmen sich viel zu schnell zurück und standen sich durch ihre Genügsamkeit selbst im Weg. Zu Melanies großer Überraschung meldete sich auch Viktoria zu diesen Kursen an. Da ihr die Anliegen der Frauen ans Herz gewachsen waren, wollte sie als Teilnehmerin mit ihnen in Kontakt bleiben. Und sie wollte Melanie etwas unter die Arme greifen, denn sie hatte realisiert, dass Melanie das Ganze wohl etwas unterschätzte.

In den Kursen hörte Melanie von Frauen, die sich mit einer unglaublichen Doppelbelastung quälten. Etwa Anna-Eva. Sie hatte drei Kinder und einen Mann, der bei der städtischen Verwaltung arbeitete. Obwohl er um 17 Uhr Feierabend hatte, musste sie die Kinder von der Kita abholen oder zum Sport fahren, da er mit seinen Kumpels noch eins trinken ging. So rannte Anna-Eva kreuz und quer durch die Stadt, telefonierte gleichzeitig mit Kunden, musste einkaufen, danach kochen und fiel nachts erschöpft ins Bett. Ihr Mann entlastete sie nicht, die ganze Arbeit blieb an ihr hängen.

Oder Cordula-Justine. Warum hatten die eigentlich alle Doppelnamen? Cordula-Justine meinte, dass sie immer Recht hatte und wusste alles besser. Eine Besserwisserin. Gleichzeitig war sie sehr empfindlich und nahm jede Kritik persönlich. Sie war der Überzeugung, alle hätten etwas gegen sie, freundlichen Menschen gegenüber war sie äußerst misstrauisch. Und so hatte sie kürzlich wieder einmal einen tollen Mann vergrault. Er war einfach so aus ihrem Leben verschwunden, hatte sich nie mehr gemeldet, wie bereits einige ihrer Freunde zuvor. Cordula-Justine wollte diesem Phänomen auf den Grund gehen.

Melanie hatte keine Ahnung, was sie dazu sagen sollte. Also sprach sie von sich. Wie sie geduldig auf den richtigen Mann gewartet hatte und diesem nach einer langen Durststrecke endlich begegnet war. Sie hatte sich nicht verbogen und sich weder schwächer noch anders gezeigt, als sie wirklich war. So hatte sie ihren Seelenverwandten gefunden. Melanie erzählte,

wie sehr er sie schätzte, dass er auf Augenhöhe mit ihr das
Geschäft führe und sie sogar als Geschäftsleiterin walten ließ.
Sie erzählte, wie fantastisch der Sex mit ihm war, wie groß-
zügig und humorvoll er sei. Sie schwärmte, und die Frauen
hingen an ihren Lippen.

Schließlich riet sie Anna-Eva, sie solle auch mal Nein sagen.
Und Cordula-Justine empfahl sie, doch nicht immer alles so
persönlich zu nehmen.

Melanie fühlte sich als Kursleiterin nicht wohl. Sie war unsicher und schämte sich insgeheim dafür. Sie sollte das Selbstvertrauen der Frauen stärken, aber wie? Sie hatte ehrlich gesagt keine Ahnung und merkte, dass ihr die psychologischen
Werkzeuge gänzlich fehlten. Am liebsten hätte sie sich nur um
die Administration der Firma gekümmert.

Sie konnte die Wochenenden kaum erwarten. Sie genoss die
Zeit mit Ronald in vollen Zügen. Oft gingen sie zu Kunstaus-
stellungen, oder sie besuchten Märkte und kauften frisches
Gemüse vom Bauern und Fleisch vom lokalen Metzger. Sie
redeten über Gott und die Welt. Sie redeten auch über sich und
vertrauten sich Geheimnisse an, die sonst keiner kannte. Das
Vertrauen wuchs ständig.

An einem schönen Abend tranken sie einen vollmundigen, schweren Wein, den Ronald auf einer Geschäftsreise in Spanien gekauft hatte. Sie saßen auf der Terrasse, bestaunten den Sonnenuntergang und lauschten den Vögeln, die allmählich aus dem Süden zurückkamen.

Ronald wollte alles an Melanie kennenlernen und forderte sie auf, ihm ihre geheimsten Fantasien zu offenbaren. Sie war etwas unsicher, wie weit sie sich öffnen sollte, aber sie wollte ihm auch beweisen, dass sie ihm vertraute. Also erzählte sie von ihrem wiederkehrenden Traum, den sie manchmal sogar dann hatte, wenn sie wach war.

Ronald zündete sich eine Zigarre an. Das bedeutete, dass sie viel Zeit hatten. »Erzähl«, forderte er sie neugierig auf.

»Also gut.« Melanie nahm ihren ganzen Mut zusammen. »Meine geheimste Fantasie… Ich bin in Venedig, es ist Karneval. Die Menschen flanieren in prächtigen, altertümlichen Kostümen durch die Gassen. Auch ich trage ein solches Kleid mit einer Korsage, die Brust eingeschnürt, der Ausschnitt üppig. Ich fühle mich schön und bin mit meinen Freundinnen unterwegs. Unsere Gesichter sind von venezianischen Masken verdeckt, keiner kennt uns und wir genießen es, inkognito zu sein. Wir nehmen ein leichtes Mahl zu uns und bestellen dazu einen schweren Primitivo di Manduria. Ich trinke nur wenig. Ich will hellwach sein, um alles ganz intensiv zu erleben. Wir gehen in die Innenstadt. Ausgelassene Menschen begegnen uns, wir lachen, sind beschwingt. Und dann gehen wir auf den Ball. Wir sind aufgeregt und gespannt, was uns erwartet. So genau wissen wir das nämlich nicht.«

Ronalds ganze Aufmerksamkeit galt Melanie, er vergaß sogar seine Zigarre.

Melanie nahm einen Schluck Wein und stellte das Glas wieder ab. »Wir treten also gespannt in den Vorraum. Drinnen ist es verboten, die Maske abzulegen oder jemand anderem die Maske abzunehmen. Männer behalten die Kleidung an, Frauen dürfen frivol gekleidet oder sogar nackt sein. Viele Menschen sind da, es wird geplaudert und gekichert, der Champagner fließt in Strömen. Plötzlich ertönt ein Gong. Die Gesellschaft begibt sich in einen großen Ballsaal. Auch wir gehen hinein und bemerken in der Mitte des Raums einen Altar. Da ertönt ein zweiter Gong, und ein Mann erscheint. Er trägt eine prächtige, goldene Maske, einen schwarzen Umhang über seinen breiten Schultern und hat ein goldenes Zepter in der Hand. Er sieht aus wie ein König. Die Musik setzt aus. Im Saal wird es still. Der Mann sieht sich um und spricht mit lauter, tiefer Stimme: »Meine Gespielin ist heute ...« Ich halte den Atem an. Er zeigt mit dem Zepter auf mich und sagt donnernd: »Melanie.« Ich bekomme weiche Knie, zittere. Zwei maskierte Männer kommen zu mir. Einer zückt ein Messer. Damit schlitzt er schwungvoll mein Kleid auf. Es gleitet zu Boden. Ich bin nackt. Völlig nackt. Die beiden Männer heben mich hoch und legen mich sanft auf den Altar. Ich bin die Auserkorene. Der ganze Saal schaut zu. Der König tritt zu mir, öffnet seinen Umhang, und seine pralle Männlichkeit kommt zum Vorschein. Ein Raunen geht durch den Raum, ein Stöhnen dringt aus dem Mund einiger Frauen. Der König dringt langsam in mich ein. Ein lustvoller Schrei entweicht meiner Kehle. Der König wird immer schneller. Ich bebe vor Lust, glaube ohnmächtig zu werden. Ich unterwerfe mich ihm mit Haut und Haar. Er kommt wie eine Explosion. Es ist magisch, unbeschreiblich.«

Ronald schaute Melanie mit heißem Blick an. Er stand auf und streckte ihr die Hand hin. »Komm!«

Ohne Umschweife führte er sie ins Schlafzimmer und warf sie aufs Bett. Sie liebten sich lustvoll, hemmungslos.

Danach kuschelte Melanie sich wohlig an ihn. »Hat dir meine Fantasie gefallen?«

»Das meiste schon«, antwortete er. Mehr sagte er nicht.

Sie fragte sich, ob sie vielleicht zu weit gegangen war.

Er stützte den Kopf in die Hand, sah sie an. »Möchtest du einmal so etwas in echt erleben?«

Melanie schluckte. »Gibt's denn so was wirklich? Ist das nicht einfach ein Hirngespinst?«

»Etwas in der Art – ich organisiere was, lass dich überraschen.«

Sie nickte. Ihr Mund war trocken vor lauter Anspannung.

Am Samstagabend war es soweit. Aufgeregt zog sie ihre hauchzarte Reizwäsche an – sie hatte sich extra einen sexy Fummel gekauft, der ihre Brüste und den Po schön zur Geltung brachte. Ihre High Heels waren so scharf, sie hätte sie auch als Waffe einsetzen können.

Auf der Fahrt rutschte sie im Sitz hin und her. So viele Jahre lang hatte sie diesen erotischen Traum gehabt und wäre nie auf die Idee gekommen, ihn wirklich auszuleben. Nun stand sie so kurz davor. Würde die Realität der Erwartung entsprechen? Oder wäre es eine Enttäuschung? Eine Überforderung? Oder gar abstoßend, ein Schock für sie? Dann würde ihre Fantasie zerschlagen und für immer wertlos werden.

Und wie sah das an dem Ort eigentlich mit ansteckenden Krankheiten aus? Oder wenn es schmuddelig war und ihr die Lust vollkommen vergehen würde?

Sie atmete tief durch.

Ronald war dabei. Und er würde sie beschützen, das hatte er gesagt.

Sie hatten auch ausgemacht, dass sie sich absprechen würden und nur das tun, was beiden gefällt.

Sie vertraute ihm. Voll und ganz.

Ronald parkte den Wagen vor einem Gebäude, das von außen völlig normal aussah. Es hätte genauso gut ein Treuhandbüro oder das Steueramt sein können.

Sie traten ein.

Ronald beugte sich zu ihrem Ohr und flüsterte hinein. »Meine heiße Lady.«

Drinnen mischten sie sich unter die Gäste.

Vorne gab es eine schöne Bar mit leckeren Drinks.

Sie bestellten zwei Mojitos und sahen sich um.

Es gab verschiedene »Spielecken«, da war schon ordentlich was los. Wie würde es erst im oberen Stock zu und her gehen?

Melanie war so aufgeregt, dass sie innerlich zitterte. »Schau mal die beiden Frauen da«, murmelte sie. »Wie die ...«

Ronald nickte. »Schönes Bild. Möchtest du mitspielen?«

»Nein!«, entfuhr es ihr. »Ich bin doch nicht lesbisch!«

Ronald schmunzelte. »Wenn du's nicht ausprobierst, wirst du nie wissen, wie's ist. Vielleicht gefällt's dir ja. Mach doch mal einen Versuch!«

Melanie überlegte. Sollte sie das jetzt wirklich tun? Eigentlich wollte sie nicht, aber vielleicht wäre Ronald dann eingeschnappt. Und er hatte ja Recht. Wer nichts wagt, gewinnt nichts.

Sie nahm ihren ganzen Mut zusammen, stand auf und gesellte sich zu den zwei Frauen. Sofort begann die eine sie zu streicheln. Zuerst über den Rücken. Dann über den Po.

Melanie war überrascht. Es fühlte sich gut an. Das hätte sie nicht gedacht.

Nach einer Weile kam ein Mann dazu und wollte mit den drei Frauen spielen.

Das war Melanie zu viel. Rasch löste sie sich und ging zurück zu Ronald an der Bar.

Er hatte sie beobachtet. »Und, hat's dir gefallen?«

Sie nickte. »Ungewohnt, aber irgendwie schön. Und was machen wir jetzt?«

Er nahm einen Schluck seines Drinks. »Ich suche mir ein paar Frauen aus, so wie du das gerade gemacht hast, und die werde ich packen. Wenn du Lust hast, kannst du zuschauen. Sonst setzt du dich irgendwo hin und wartest auf mich.«

Melanie erstarrte. »Ronald, das war nicht ausgemacht. Wir wollten doch gemeinsam entscheiden, was geht und was nicht. Und das geht für mich eindeutig nicht!«

Er hob die Schultern. »Gleiches Recht für beide, das ist doch wohl klar.«

Melanie stiegen Tränen in die Augen. Vor Angst und vor Wut.

Er nahm sie bei der Hand.

Sie zögerte. Dann glitt sie vom Hocker und ging mit ihm mit.

Er führte sie durch die Räume. Wenn ihm eine Frau gefiel, meinte er, die könnte eine seiner Auserkorenen sein.

Melanie litt. Sie war aufgewühlt und völlig durcheinander.

Am Rand einer Spielwiese befahl Ronald ihr, sich zu setzen und anderen Paaren zuzuschauen.

Er selbst schlenderte gelassen weiter.

In einen anderen Raum.

Sie wusste nicht, wohin.

Melanie spürte, wie Angstschweiß ihre Arme hinunterlief. Sie hatte eine regelrechte Panik, atmete nur noch oberflächlich.

Was die Menschen auf der Spielwiese taten, interessierte sie keinen Deut. Wenn jemand sich ihr näherte oder sie berührte, wies sie die Person ab, was jeweils indignierte Blicke zur Folge hatte. Doch das war ihr egal. Ihr war alles egal. Wenn nur Ronald bald wieder zurückkommen würde.

Doch er kam nicht.

Ob er jetzt wohl eine Frau packte? Oder gleich ein paar?

Melanie ging durch die Hölle.

Er ließ sie eine volle Stunde warten. Eine ganze verdammte Stunde.

Dann kam er endlich zurück.

Sie unterdrückte ein Schluchzen und schluckte ihre Tränen hinunter.

Er streckte ihr die Hand hin.

Sie nahm sie, stand auf und folgte ihm verstummt.

Plötzlich zog Ronald sie in einen kleinen Raum und schloss die Tür ab.

Verwirrt sah sie sich um. In dem Zimmer gab es ein romantisches Himmelbett und eine gedämpfte rote Beleuchtung. Sonst nichts. Außer ihnen war niemand hier.

Ronald nahm sie in den Arm. »Melanie, ich habe gewählt. Meine Auserkorene heißt heute... Melanie.«

Ein herzzerreißender Schluchzer platzte aus ihr heraus. Ihre ganze Verzweiflung wich mit einem Schlag unbeschreiblicher Erleichterung und einem Glücksgefühl, wie sie es noch nie in einem einzigen Moment erlebt hatte. Er hatte alles geplant und mit unsäglicher Präzision durchgeführt. Alles nur für sie, um ihre Fantasie wahr werden zu lassen!

»Weißt du«, flüsterte er in ihr Ohr. »Es gefällt mir nicht, dass du in deiner Fantasie mit einem fremden Mann schläfst, obwohl du doch so glücklich mit mir bist. Ich wollte, dass du selbst erlebst, wie es ist, wenn der Partner sich für andere interessiert. Aber jetzt komm her, meine Kleine.«

Er zog sie auf das weiche Bett.

Melanie ließ alles mit sich geschehen. Sie war starr, fühlte sich missverstanden und in ihrem Vertrauen hintergangen, weil sie ihm von ihrer geheimsten Fantasie erzählt hatte.

Obwohl sie überhaupt nichts empfand, ließ sie zu, dass er mit ihr schlief.

Sie war wie gelähmt, unfähig sich zu wehren.

Es fühlte sich an wie eine Vergewaltigung.

Etwas in ihr zerbrach.

Die nächsten Tage konnte Melanie nur noch funktionieren. Ständig ging ihr das Geschehene durch den Kopf. Fantasien zu haben, bedeutet doch nicht, in einer Partnerschaft unglücklich oder unbefriedigt zu sein!

Es war ein Fehler gewesen, ihren erotischen Traum mit Ronald zu teilen. Jetzt wusste sie, wie übertrieben sensibel er war. Und dass er alles persönlich nahm.

Sie beschloss, ihre Gedanken künftig für sich zu behalten. Schade eigentlich. Ihr hatte es gefallen, ihm davon zu erzählen. Der Vertrauensbruch hinterließ nun aber eine tiefe Wunde. Das konnte sie bestimmt nie mehr vergessen.

Doch sie wollte vorwärtsschauen.

Vielleicht war das ja nur ein einmaliger Ausrutscher von Ronald gewesen. Den perfekten Mann gab es sowieso nicht.

Sie hatte ohnehin ganz andere Dinge im Kopf, zum Beispiel die Hochzeitsvorbereitungen. Ronald ließ sie alles so organisieren, wie sie es wollte, damit sie eine unvergessliche Hochzeit haben würde mit allem Drum und Dran.

Dabei wäre sie selbst mit einem Besuch beim Standesamt vollkommen glücklich gewesen. Aber ihre Mutter bestand auf einer weißen Hochzeit, und Ronald genauso, weil seine Mutter auch in Weiß geheiratet hatte.

Melanie wollte ihnen eine Freude bereiten und ließ sich darauf ein. Sie bestellte ein luxuriöses Zelt, ein exquisites Essen, eine gute Band und prächtige Blumenbuketts.

Und sie kaufte sich ein wunderschönes Brautkleid.

Bei der letzten Anprobe kurz vor der Hochzeit passte es ihr leider nicht mehr so gut, ihre Brüste waren größer geworden.

Das weckte in ihr einen Verdacht. Und der erhärtete sich, als sie einen Schwangerschaftstest machte.

Melanie war überrascht, dass sie in ihrem Alter so schnell schwanger geworden war. Sie freute sich, und gleichzeitig hatte sie auch Angst. Würde sie die Kinderbetreuung bewältigen können? Neben der Arbeit? Würde sie eine gute Mutter sein? Und wie würde Ronald auf das neue Leben mit einem Kind reagieren?

Er wischte ihre Sorgen weg – fröhlich ließ er einen Champagner-Korken knallen und rief beschwingt: »Wir sind das beste Team der Welt, Melanie! Du und ich – und schon bald eine Dritte im Bunde!«

Sie sah ihn an. »Wieso weißt du, dass es ein Mädchen ist?«

»Weil ich mir ein Mädchen wünsche.«

»Und wenn ich lieber einen Jungen hätte?«

»Ich kriege immer, was ich will, das weißt du doch.«

Das stimmte allerdings, wie ihr in diesem Augenblick bewusst wurde. Und irgendwie ... war es auch richtig so, es gab ihr ein gutes Gefühl.

Schließlich kamen dann beide auf ihre Rechnung, denn das Ultraschallbild zeigte zwei Babys, ein Mädchen und einen Jungen. Das erklärte auch Melanies umfangreichen Bauch. Sie war bereits im vierten Monat. Also muss es schon ganz am Anfang eingeschlagen haben. Melanie hatte ihre Tage immer unregelmäßig gehabt, deshalb war es ihr nicht aufgefallen.

Geburtstermin war Ende November. Nun freute sich Melanie erst recht auf die bevorstehende Hochzeit. Ihre Kinder wären bei der Feier dabei. Welch süßes Geheimnis! Melanie vergaß, was im Swinger-Club vorgefallen war, sie war wieder glücklich.

E ndlich kam der große Tag. Es war angenehm warm, nicht heiß. Das Kleid hatte sie etwas ausweiten lassen, so fiel auch ihr Bauch nicht auf.

Ihr Vater hatte Tränen in den Augen, als er sie sah. Er führte sie zum Altar, gab ihr einen Kuss auf die Wange und legte ihre Hand in die des Bräutigams.

Ronald strahlte übers ganze Gesicht.

Sie setzten sich, und das *Ave Maria* erklang. Ihre Schwägerin Marianne wollte es unbedingt für sie singen. Sie war keine professionelle Sängerin, entsprechend klang ihre Stimme ziemlich dünn. Zwar etwas schade, aber es kam von Herzen.

Bei der dritten Strophe schaute Ronald Melanie von der Seite an. »Eine Katastrophe!«, zischte er. »Wie konntest du diesen Moment nur so dilettantisch ruinieren? Und ehrlich gesagt … du siehst dick aus in diesem Kleid.«

Melanie erstarrte. Sie bekam kein Wort heraus, schaute beschämt zu Boden. Hatte er das jetzt grade wirklich gesagt? Sie musste sich wohl verhört haben. Oder doch nicht? War die Äußerung seiner Nervosität zuzuschreiben?

Sie beschloss, die Sache einfach zu vergessen. Sie wollte sich den Tag nicht vermiesen lassen.

In diesem Moment fragte der Pfarrer Ronald, ob er sie heiraten wolle.

Ronald holte Luft und antwortete: »Ja, ich will!« Laut und deutlich.

Melanie atmete auf.

Die Feier kam Melanie dann endlos vor. Anstrengend. Wenigstens waren Ronald und ihre Mutter glücklich. Und ihr Vater verhielt sich tadellos. Auf ihn war eben Verlass. Nur einer fiel aus der Rolle: Alex trug den ganzen Tag sorgenvolle Falten im Gesicht.

»Pass auf dich auf«, sagte er beim Gratulieren. Das war nicht gerade das, was man einer Braut an ihrem glücklichsten Tag mit auf den Weg gibt.

Aber sie wusste ja, dass er Ronald nicht leiden konnte. Vielleicht würde sich das mit der Zeit legen, wenn er sah, dass Ronald sich liebevoll um sie kümmerte und er sich in ihm getäuscht hatte.

Alles würde gut werden zwischen den beiden. Hoffentlich.

Vor der Kirche beglückwünschten sie ihre Freunde und Bekannten. Sie waren zahlreich erschienen, sogar ein paar Frauen aus der Frauengruppe waren angereist.

Melanie wunderte sich, dass kein einziger Freund von Ronald erschienen war, und sprach ihn darauf an.

»Weißt du«, antwortete er, »Menschen wie ich haben keine Freunde – wir sind umgeben von Neidern und Schmarotzern, die einen Teil des Kuchens abhaben wollen. Darauf verzichte ich gern.«

Melanie lächelte. »Ja, das hat man eben davon, wenn man so großartig ist wie du!« In ihrem Inneren regte sich allerdings so etwas wie Mitleid. Ganz ohne Freunde – da zahlte Ronald aber einen hohen Preis für seinen Erfolg …

Die Hochzeits-Gesellschaft genoss den üppigen Apéro. Als Highlight hatte Melanie weiße Tauben bestellt. Die Gäste durften den Vögeln gute Wünsche zurufen, dann wurden sie frei gelassen, um die Wünsche in den Himmel zu tragen. Ausgerechnet in diesem Moment stach ein Falke herab und schnappte sich eine Taube im Flug.

»Wenn das mal kein Omen ist«, murmelte Alex.

Melanie stupfte ihn in die Seite. »Alex, du Miesepeter!«

Das Essen in einer kleineren Runde war hervorragend. Melanie hatte bewusst auf Spiele wie die Braut-Entführung verzichtet, denn ihr war in der Zwischenzeit sattsam klar geworden, dass Ronald Witze auf seine Kosten ganz und gar nicht mochte.

Melanies Vater hieß in seiner Tischrede Ronald in der Familie willkommen.

Darauf ergriff Ronald das Wort. Er dankte allen ausgiebig, dann nahm er Melanies Hand. »Du bist jetzt mein, du schöne, kluge Frau. Wir werden zusammen sein, bis dass der Tod uns scheidet. Ich werde gut für dich sorgen – für dich... und für unsere Kinder!«

Die Gäste sahen ihn überrascht an.

Stolz verkündete er: »Ja, wir sind in anderen Umständen! Wir kriegen Zwillinge!«

Melanie verzog die Lippen. Sie hätte es eigentlich gern zuerst ihrer Familie erzählt. Nun war sie sauer, und das sah man ihr deutlich an.

Ronald beugte sich zu ihr, um ihr einen Kuss zu geben. Dabei zischte er ihr ins Ohr: »Reiß dich zusammen!«

Sie gab sich Mühe und lächelte wieder. Vielleicht hatte er ja auch Recht, die frohe Botschaft hier zu verkünden – schließlich war das ja wirklich ein gebührender Rahmen.

Als krönender Abschluss der Feier stieg ein grandioses Feuerwerk in den Nachthimmel. Das Brautpaar verfolgte es eng aneinandergeschmiegt, und Melanie hauchte in Ronalds Ohr: »Ich liebe dich, mein Prinz. Ich werde dich glücklich machen.«
Ronald brummte: »Ja, schön.«

ür die Flitterwochen hatten sie leider keine Zeit. Außerdem war das ganze Geld für die Feier draufgegangen – Melanie hatte das Budget stark überzogen.

»Kümmere dich drum«, sagte Ronald. »Deine Verschwendungssucht ist dein Problem.«

Solche Spitzen ärgerten sie zwar, aber sie schluckte diese inzwischen kommentarlos hinunter. Es war besser, einfach zu schweigen, sonst gäbe es eine Szene und alles würde bloß noch schlimmer – und ändern würde es ohnehin nichts. Zum Glück hatte sie in ihren Karrierezeiten Geld gespart, darauf konnte sie nun zurückgreifen. Nach der Investition für *Viktorias Inspiration* war zwar nicht mehr so viel da, aber schon bald würde ja wieder Geld reinkommen, wenn das Geschäft erst richtig lief.

Doch das war so eine Sache. Das Geld aus Ronalds Kursen floss in seine eigene Firma, obwohl es sich auch um ehemalige Kunden von Viktoria handelte, die vom Umsatz her in ihre Buchhaltung fließen müssten. Melanie ließ ihn gewähren, schließlich waren sie ja jetzt verheiratet und wirtschafteten in einen gemeinsamen Topf. Sie machte sich etwas vor. Seine Firma gehörte ihm allein, sie hatte keinen Zugriff auf sein Bankkonto. Er behielt alles für sich. Ronalds Klienten waren mehrheitlich stellenlose Kaderleute. Nachdem sie erkannten, dass ihnen nicht mehr alle Türen offenstanden und ihnen ein Gesichtsverlust drohte, waren sie verzweifelt. Ideal für Ronald, ihnen weitere teure Kurse zu verkaufen. Verunsicherte Menschen sind leichte Opfer, Ronald wusste das. Mit den ehemaligen Klienten von Viktoria spielte er dasselbe Spiel. Auch sie waren einfache Beute für ihn. Dieser Umsatz entging Melanies Geschäft.

Er ließ für *Viktorias Inspiration* eine teure Webseite erstellen, modernisierte die Einrichtung und leaste ein Familienauto. Das würden sie bald brauchen. Er mischte Privates und Geschäftliches, wie es ihm gefiel.

Er bearbeitete Melanie immer so lange, bis sie alles bewilligte. Es war zermürbend.

Irgendwann war das Geld, das sie in die Firma gesteckt hatte, aufgebraucht. Sie konnte die Rechnungen nicht mehr bezahlen und musste noch mehr privates Geld einschießen. Als sie ihn darauf ansprach, meinte er: »Ich investiere eben in die Zukunft und du musst schauen, dass du deine Kurse besser verkaufst.« Dass ein Teil seines Umsatzes ihr gehörte, wollte er nicht hören: »Ich verkaufe die Kurse, es ist mein Geld«, sagte er kühl.

Melanies Kurse wurden mit der Zeit deutlich spärlicher besucht. Die Kundinnen merkten, dass sie nicht die gleiche Kompetenz wie ihre Vorgängerin Viktoria hatte.

Das bereitete ihr Sorgen. Vielleicht hatte Ronald eine Lösung, er hatte doch immer eine.

Doch er sagte: »Melanie, du hast halt immer als Angestellte in Unternehmen gearbeitet, du bist leider nicht stark genug für die Selbständigkeit. In deinen Adern fließt kein Unternehmerblut. Zudem hast du leider auch von Marketing keine Ahnung, und dein Netzwerk ist viel zu schwach. Logisch, dass du versagst.«

Kein Unternehmerblut, keine Ahnung, zu schwach. Das war etwas anderes, als er anfänglich gesagt hatte. Etwas ganz anderes.

Sie machte die Faust im Sack. Dem Frieden zuliebe schwieg sie auch hier.

Sie raffte sich auf und bemühte sich.

Sie bot die Frauenkurse günstiger an und führte eine »Wer-eine-Freundin-mitbringt-zahlt-die-Hälfte«-Kampagne ein.

Und tatsächlich, die Kundinnen erschienen wieder zahlreicher.

Melanie hatte zudem erkannt, dass sie Fragen an die Runde zurückgeben konnte, um ihre mangelnde Kompetenz zu überspielen. Irgendeine Schlaumeierin war immer mit einer passenden Antwort da.

Am nächsten, gut besuchten Workshop nahm auch Viktoria teil. Das machte Melanie noch ein bisschen nervöser als sie ohnehin schon gewesen wäre.

Jenny erzählte in der Runde, ihr Chef behandle sie sexistisch. Er schaue ständig auf ihre Brüste und fasse ihr sogar an den Po, wenn er sich unbeobachtet fühle. Er fordere Überstunden von ihr, damit sie mit ihm allein im Büro wäre. Jenny hielt das alles kaum mehr aus. Als Alleinerziehende war sie jedoch dringend auf den Job angewiesen.

Melanie sagte, wenn man in einem Abhängigkeitsverhältnis stehe, müsse man eben manchmal eine bittere Pille schlucken. Im Stillen dachte sie, dass sie damit ja unterdessen selbst Erfahrung hatte, aber das behielt sie für sich.

Einige Frauen in der Runde waren über ihre Aussage befremdet, ja regelrecht empört. Eine sagte sogar: »Was gibst du denn für seltsame Ratschläge? Das geht ja gar nicht!«

Viktoria schwieg.

Melanie schämte sich. Wie peinlich, dachte sie.

Sie wollte es sich mit den Frauen im Kurs nicht verderben und schob schnell nach: »Das war eine paradoxe Intervention. Ich habe Jenny absichtlich provoziert, um ihre Selbstverantwortung und Eigenständigkeit zu wecken.«

Sie sah in die Runde. »Habt ihr zielführende Ideen, wie Jenny mit ihrer schwierigen Situation umgehen könnte?«

Als der Kurs endlich vorbei war, räumte Melanie noch im Raum auf.

Viktoria blieb als Letzte da. »Hast du einen Moment Zeit, Melanie? Ich möchte etwas mit dir besprechen.«

»Ja, klar.« Melanie hatte ein mulmiges Gefühl.

Viktoria deutete auf die Stühle. »Setzen wir uns doch rasch hin.«

Sie nahmen nebeneinander Platz.

»Jeden Tag«, begann Viktoria, »erleben Frauen Ungerechtigkeit, Übergriffe, Unterdrückung und Menschenrechtsverletzungen. Wir müssen einen Weg aus diesem Dilemma finden. Männer als Gegner zu sehen, ist nicht der richtige Ansatz – wir müssen uns für unsere weiblichen Anliegen einsetzen, für unsere Sache einstehen. In den Workshops hier geht es darum, dass die Frauen ihr Selbstbewusstsein wiederfinden. Sie brauchen Werkzeuge, um sich aufzubauen, um ihre Bedürfnisse zu erkennen und sich darum zu kümmern. Es ist anspruchsvoll, ihnen das aufzuzeigen, und nicht jeder kann das. Melanie, wie geht es dir mit dieser Aufgabe?«

Melanie schluckte. Am liebsten wäre sie hinausgerannt und nach Hause gegangen. Sie brachte kein Wort heraus.

»Ich vermute, du bist überfordert«, sagte Viktoria. »Dir fehlt die Ausbildung und die Erfahrung. Kann es sein, dass du diese Aufgabe deinem Mann zuliebe auf dich genommen hast? Du hattest doch vorher einen Job, der dir großen Spaß gemacht hat. Würdest du nicht am liebsten wieder dorthin zurück?«

Das hat was, dachte Melanie. Trotzdem war es keine Option. Sie hatte sich für dieses neue Leben entschieden, und das würde sie auch durchziehen.

»Viktoria«, sagte sie, »das geht dich nichts an. Die Beratungsfirma gehört jetzt uns, und du hast hier nichts mehr zu sagen. Wenn's dir nicht passt, brauchst du ja nicht mehr zu kommen.«

Viktoria musterte sie ernst. »Melanie, ich habe die Firma dir und deinem Mann anvertraut, weil ihr mir versichert habt, dass ihr meine Botschaft verstanden habt und imstande seid, sie weiterzugeben. Leider stimmt das nicht. Euch ist es wichtig, auf die Schnelle viel Geld zu verdienen, ohne wirklich eine Gegenleistung zu bieten. Ich kann der Sache nicht weiter tatenlos zuschauen. Das Anliegen, dass Frauen einen Ort haben, wo sie aufblühen und sich gegenseitig unterstützen können, ist mir viel zu wichtig. Deshalb werde ich meine Frauenkurse wieder aktivieren, und auch die anderen Bereiche. Es tut mir leid, Melanie, aber ich kann nicht zusehen, wie mein Lebenswerk zerstört wird.«

Melanie stand auf. Sie war außer sich. »Du Betrügerin! Das hast du doch von Anfang an geplant – uns die Firma teuer zu verkaufen und dann alles wieder an dich zu reißen! Glaub nur nicht, dass du damit durchkommst!«

Viktoria blieb ruhig. »Ich verstehe, dass du wütend bist, Melanie. Aber ich bleibe dabei, diese Arbeit ist mir zu wichtig.«

Melanie bot die Workshops ab sofort noch günstiger an, um die Kunden an sich zu binden. Doch als Viktoria ihre Kurse ausschrieb, wanderten alle Frauen ab. Alle.

Beim nächsten Workshop saß Melanie alleine im Raum. Nicht einmal die Kundinnen, die vorausbezahlt hatten, erschienen. Es war ein kalter Abend. Der Regen tropfte ans Fenster. Ein monotoner Rhythmus, der im leeren Zimmer nachhallte.

Verzweiflung breitete sich in Melanie aus. Sie fühlte sich klein und schämte sich.

Sie würde es Ronald erzählen müssen. Davor graute ihr. Er wurde in letzter Zeit immer schneller wütend, oft schon wegen Lappalien, und wie er erst auf so etwas Ernstes reagieren würde, stand in den Sternen.

Die Sache wurde noch schlimmer, als sie befürchtet hatte. Er tobte während Tagen. Er beschimpfte sie, sie hätte alles vermasselt. Sie wäre dumm, inkompetent, unfähig, überhaupt nicht belastbar – er ließ nichts aus. Melanie wäre am liebsten im Erdboden verschwunden.

Natürlich hatte der massive Kundenschwund auch Konsequenzen auf sein Geschäft. Sein Umsatz brach ein. Und er hatte mit allen Angestellten Ärger, schrie sie dauernd an. Diese ließen sich das nicht gefallen und verließen ihn fluchtartig.

Melanie wagte es einmal, ihn darauf anzusprechen.

Er reagierte gereizt. »Wenn meine Mitarbeiter nicht tun, was ich ihnen sage, kann ich sie nicht gebrauchen. Die sind eh bloß gegangen, weil sie wussten, ich würde sie sowieso feuern.«

»Ronald«, wandte Melanie vorsichtig ein, »vielleicht wäre es hilfreich, wenn du die verbliebenen Angestellten besser behandeln und dich selbst etwas zurücknehmen würdest? Vielleicht würden sie dann lieber und besser für dich arbeiten?«

Er lächelte sie kalt an. »Du Dummerchen. Mir ist es egal, ob die Menschen mich mögen oder nicht. Sie sollen mich respektieren. Sie sollen mir das geben, was ich von ihnen erwarte. Das schulden sie mir. Schließlich bezahle ich sie.«

Aufgebracht schaute er sie an. »Oder siehst du das etwa anders und bist auch noch gegen mich? Meine eigene Frau?«

Er wurde immer wütender. »Du bist das Letzte, Melanie, wirklich! Und dann mischst du dich auch noch ständig in mein Spesenbudget bei Viktorias verdammter Inspiration ein! Glaubst du tatsächlich, ich bespreche jede Ausgabe mit dir? Ich rechtfertige mich nicht vor dir, begreife das und komm damit klar!«

In dieser Zeit kam er oft abends mit einem Frust nach Hause und zischte sie wegen jeder Kleinigkeit an. Dann sagte er

Dinge, die ihr wehtaten. Dinge wie: »Du musst jetzt nicht grade ein Fass werden, nur weil du schwanger bist!«

Sie versuchte, weniger zu essen, um ein bisschen schlanker zu werden, obwohl ihre Gewichtszunahme im völlig normalen Rahmen lag und ausschließlich mit den Kindern in ihrem Bauch zu tun hatte. Trotzdem hungerte sie, um Ronald etwas glücklicher zu machen.

Bei *Viktorias Inspiration* konnte Melanie das Ende schließlich nicht mehr abwenden. Die Firma war insolvent – dummerweise stand Melanies Name als Inhaberin und Geschäftsführerin im Handelsregister, und so liquidierte sie die Firma. Sie opferte ihre letzten Ersparnisse. Ein öffentlicher Konkurs hätte es ihr schwierig gemacht, wieder eine Anstellung zu finden. Und etwas anderes als eine Anstellung konnte sich Melanie inzwischen nicht mehr vorstellen, nachdem Ronald zu ihr gesagt hatte: »Du bist vollkommen selber schuld, Melanie, du hättest dieses Geschäft gar nie kaufen dürfen. Es war doch von Vornherein klar, dass der Erfolg von der vorherigen Besitzerin abhing. Wärst du schlau gewesen, hättest du's vielleicht geschafft. Aber so unfähig, wie du bist ... du hast zugelassen, dass sie dich über den Tisch zieht, so naiv bist du! Dazu kommt, dass du absolut kein unternehmerisches Flair besitzt. Daran bist du nun gescheitert.«

Sie sah ihn verletzt an und unterdrückte ihre Tränen. »Ronald, hast du vergessen, dass du es warst, der mich dazu gebracht hat, die Firma zu kaufen? Du hast mich regelrecht dazu überredet!«

Er schüttelte lächelnd den Kopf. »Netter Versuch, im Nach-hinein mir die Schuld zuzuschieben, Melanie. Dass du da ein-steigen wolltest, war von Anfang an deine Idee. Ich habe dich schon damals gewarnt.«

Das musste sie erst mal verdauen. Hatte sie es dermaßen falsch in Erinnerung? Oder war er in seinem ganzen Stress so vergesslich, dass er es nicht mehr wusste?

Nein, wahrscheinlich hatte er Recht. Offensichtlich brachte ihre Schwangerschaft sie ziemlich durcheinander. Ganz klar – sie erinnerte sich falsch, er lag richtig. Oder doch nicht? Mach-te das überhaupt einen Unterschied?

Melanie strengte sich trotz ihres wachsenden Bauchs nun noch mehr an, Ronald alles recht zu machen. Sie zahlte seine Rechnungen aus ihrem privaten Vermögen, wenn die Firma einen Engpass hatte. So kehrte nach den turbulenten Zeiten endlich wieder etwas Ruhe ein. Melanie sagte sich, verlorenes Geld kann man wieder zurückgewinnen. Tatsache war, dass sie sich für ihr Versagen schämte.

Dann änderte sich auf einen Schlag alles. Die Zwillinge kamen zur Welt und Ronald schwebte zehn Zentimeter über dem Boden. Er strahlte, spaßte, lachte, war witzig und charmant. Er war wieder der Größte, genauso wie Melanie ihn liebte. Ronald war sogar damit einverstanden, dass Alex und Marianne die Paten waren. Das war Melanie sehr wichtig, denn so hätten die Kinder einen liebevollen Zufluchtsort, falls ihnen etwas zustoßen würde. Nun war sie wieder unsterblich in Ronald verliebt, im siebten Himmel, Glücklich.

Obwohl Zwillingsgeburten immer ein gewisses Risiko bargen, wollte sie, entgegen Ronalds Wunsch, natürlich gebären. Es war zwar schmerzhaft, aber Melanie schaffte es. Für sie war es ein unglaublich schönes Erlebnis, welches sie nie mehr vergessen würde. Dass Ronald den Gebärraum verließ, weil ihm schlecht wurde, steckte sie mühelos weg. Es war ihre Geburt gewesen, sie ließ sich nicht dreinreden. Wenn sie doch nur immer so selbstbewusst wäre. Die ersten paar Tage blieb Melanie in der Klinik. Sie genoss diese Zeit in vollen Zügen. Für sie waren es Tage der Erholung. Sie wurde rundum betreut, sie genoss die Babys, hielt sie gerne im Arm, die Winzlinge rochen unglaublich süß.

Sie war jetzt eine Mutter – ein großer Traum war in Erfüllung gegangen.

Nach ein paar Tagen sagte der Arzt, alles sei in Ordnung, und Ronald holte sie mit Tina und Noah nach Hause.

Ronald war oft unterwegs. Melanie war ganz allein mit den Zwillingen. Der Baby-Alltag holte sie ein. Die Zwillinge beanspruchten ihre volle Zeit und Aufmerksamkeit. Wenn Klein-Noah nicht weinte, dann schrie Tina.

Ronald wurde es schnell zu viel. Er konnte das andauernde Gebrüll nicht mehr aushalten, und er war in der Folge noch häufiger abwesend.

Er ließ sie mit den Kindern im Stich. So hatte sie sich das nicht vorgestellt.

Dann kam dazu: Ronald liebte die Kinder, aber er wollte auch eine Frau an seiner Seite, die für ihn da war und ihn verwöhnte. Er kam an erster Stelle.

Als Melanie die Babys eines Morgens im Bett stillen wollte, sagte Ronald: »Vergiss es. Deine Brüste gehören mir.«

Melanie hätte sehr gerne weiter gestillt – sie genoss die Nähe zu den Kindern sehr. Nun überlegte sie sich die Sache reiflich und kam zum Schluss: Muttermilch wird wahrscheinlich überbewertet. Also gab sie nach. Schließlich hatte sie sich mit der natürlichen Geburt durchgesetzt. Jetzt war er an der Reihe. War es nicht so, dass in einer Partnerschaft Konflikte normal sind? Da muss man auch mal nachgeben und sich zurücknehmen, genau wie Mutter es ihr geraten hatte.

Schon bald danach wollte Ronald wieder Sex. Melanie empfand nichts dabei, aber sie gab sich ihm hin. Sie biss lieber auf die Zähne, als ihn mit einer Zurückweisung zu einem Seitensprung zu treiben. Er würde bestimmt nicht auf Sex verzichten, das war klar. Und ohnehin ging es beim Sex schon lange nicht mehr um sie, sondern um ihn, um seine Befriedigung. Würde sie jetzt den Rest ihres Lebens nie mehr wirklich guten Sex zu haben? Dieser Gedanke machte sie traurig, doch es gab Wichtigeres im Leben. Völlig klar war, dass sie keine Affäre anfangen würde, dazu war sie nicht der Typ.

Die Zeit verging und es wurde einfacher. Der Frühling stand vor der Tür. Sie genoss die wärmenden Strahlen der Sonne im Park, während die Zwillinge im Wagen schlummerten und frische Luft atmeten. Ihre Gedanken schweiften zurück zum letzten Frühling. Die erste Reise mit Ronald zum Schloss – wie eine Prinzessin hatte sie sich gefühlt, alles war so leicht gewesen.

Nun war alles anders. Sie genoss das Muttersein, auch wenn es anstrengend war. Sie fühlte sich dadurch ganz – als ob davor etwas Wichtiges gefehlt hätte. Die Kinder gaben ihrem Leben einen Sinn. Dafür war sie dankbar. Sie liebte ihre Zwillinge, wie sie noch nie davor einen Menschen geliebt hatte.

Alex kam zu ihrer Parkbank geschlendert. Die Kinder schliefen inzwischen im Kinderwagen.

»Du siehst müde aus«, sagte er.

Sie schminkte sich seit der Geburt nicht mehr, die Augenringe hätte man ohnehin kaum kaschieren können. Sie nahm die Sonnenbrille aus der Tasche und setzte sie auf.

Alex musterte die Milchfläschchen der Babys. »Stillst du nicht mehr?«

Melanie blickte weg. Die Frage war ihr unangenehm. Eigentlich hatte sie es keinem erzählen wollen, aber sie wollte Alex auch nicht anlügen.

»Ronald will es nicht«, murmelte sie schließlich. »Die Brüste gehörten ihm, nicht den Kindern.«

»Was?« Alex schaute sie befremdet an. »Damit geht er jetzt aber eindeutig zu weit. Viel zu weit, Melanie.«

Sie sah ihn fragend an. »Warum?«

Er seufzte. »Du bist die Mutter. Du bestimmst, ob du stillst oder nicht. Damit gibst du den Kindern nicht nur Milch, sondern auch Nähe und Liebe. Nichts kann das ersetzen. Und dann kommt er auch noch mit einer solchen Begründung – das gibt's ja nicht!«

Sie hob die Schultern. Männer sind eben verschieden, dachte sie, und besonders starke Männer haben auch besonders starke Bedürfnisse. Sie schwieg.

Alex schüttelte den Kopf. »Anstatt dir bei der Kinderarbeit zur Hand zu gehen und auch mal ein Baby zu wickeln, motzt er rum und hat das Gefühl, er komme zu kurz.«

»Er hat eben so viel zu tun im Geschäft«, warf sie ein. »Jemand muss ja schließlich schauen, dass das Geld reinkommt!«

»Läuft es denn gut bei ihm?«

»Er arbeitet Tag und Nacht für uns. Seit dem Umsatzeinbruch bei *Viktorias Inspiration* muss er sich viel mehr anstrengen, um das Geschäft in der Gewinnzone zu halten. Er ist oft auswärts, übernachtet in Hotels, besucht potenzielle Kunden und versucht, Auftritte an Symposien zu ergattern. Manchmal ist er mehrere Tage weg.«

»Wo ist er dann jeweils genau?«

»Keine Ahnung. Wenn ich ihn frage, sagt er, das wäre sein Business, es sei schon alles in Ordnung.«

Alex seufzt auf. »Warum lässt du dir das alles gefallen? Du hast doch ein Recht, zu wissen, wo er ist.«

»Du verstehst das nicht, Alex – ich vertraue ihm! Es gibt Situationen im Leben, da muss eine Frau einfach zurückstecken. Das ist gut für die Ehe, das gehört einfach zum Leben eines Paars dazu.«

»Ganz die Mutter«, murmelte Alex. »Ich kann's langsam nicht mehr hören. Du findest immer einen Grund, um Ronald zu verteidigen. Du willst der Wahrheit nicht in die Augen schauen.«

»Welcher Wahrheit?«

Alex schluckte die Antwort hinunter, die er eigentlich sagen wollte. Melanie war seine Schwester. Eine erwachsene Frau. Sie musste selbst wissen, was sie tat.

Er betrachtete liebevoll die schlafenden Zwillinge. »Wie geht es meinen geliebten Patenkindern?«

»Prächtig«, lächelte Melanie befreit, froh über den Themenwechsel. »Tina ist einen Tick weiter als er. Gestern hat sie nach der Rassel gegriffen, und das Geräusch hat ihr ein Lächeln aufs Gesicht gezaubert. Dafür ist Noah stärker – er kann den Kopf etwas länger heben und sich umschauen. Er interessiert sich für alles, was sich bewegt. Gestern hat er sich vom Bauch auf den Rücken gedreht und wieder zurück. Dabei hat er gejauchzt. Das war sehr schön. Aber jetzt muss ich jeweils aufpassen, dass er nicht vom Wickeltisch fällt.« Sie strahlte Alex an. »Es ist eine Freude mit den beiden, und mein Herz hüpft, wenn ich sehe, wie sie alles von der Pike auf lernen. Natürlich ist es auch sehr anstrengend, und ich freue mich auf die erste Nacht, in der ich wieder durchschlafen kann.«

Sie blickte in die Ferne. »Schade, dass Ronald diese süßen Momente verpasst.«

So verging die Zeit. Melanie gewöhnte sich an die Rolle der Mutter und Ehefrau und versuchte, es allen recht zu machen. Wenn es ihr gelang, war sie war stolz auf sich, und traurig, wenn sie versagte.

D er Sommer war lang und heiß, und auch der Herbst
war ungewöhnlich warm und mild.

Marianne und Alex luden Melanie und Ronald mit den
Kindern zu Alex' Geburtstag ein. Halloween-Dekoration
schmückte die Wohnung. Eine Hexe auf ihrem Besen hing am
Fenster, ausgehöhlte Kürbisse leuchteten schummrig auf dem
Sims. Trotz der Atmosphäre war der Abend ein wenig steif, Stimmung wollte nicht wirklich aufkommen. Alex und Marianne
lachten nicht über Ronalds Scherze. Seine chauvinistischen Witze fanden sie total daneben. Sie tauschten vielsagende Blicke
aus und fragten sich, ob er wirklich nicht merkte, wie peinlich er
war. Die Zwillinge schienen die Spannung zu spüren. Sie schrien
ständig und forderten Melanies ganze Aufmerksamkeit.

Nach dem Essen half Alex beim Abräumen.

Ronald grinste. »Schön, dass du deiner Frau hilfst.«

Alex blieb stehen. »Ich helfe ihr nicht, es ist die Arbeit von
uns beiden. Wir machen das gemeinsam.«

Ronald nickte. »Klar. Du hast übrigens vergessen, deine
Schürze umzubinden. Aber das macht ja nichts – wenn bei der
Küchenarbeit ein Fleck aufs Hemd kommt, wäschst du es bestimmt selbst, oder, Lexchen? Vermutlich an deinem freien
Abend, wenn deine Kumpels Fußball schauen.«

Der Besuch war beendet, noch bevor sie den Kuchen anschneiden konnten, den Melanie mitgebracht hatte. Sie packte die Zwillinge im Auto in die Kindersitze, dann waren sie weg.

Auf dem Heimweg fuhr Ronald viel zu schnell. »Der Typ ist
ja ganz schön weich! Im Polizeidienst fragt er wahrscheinlich

den Täter bei der Verhaftung: Ist es okay für Sie, wenn ich Ihnen jetzt die Handschellen anlege?«

Melanie lachte nicht. »Ich finde es eigentlich ganz gut, dass er auch ein wenig im Haushalt mithilft.«

Ronald drückte noch mehr aufs Gas. »Melanie, du hörst viel zu sehr auf deinen Bruder und viel zu wenig auf dich selbst. Überhaupt, wie oft ihr euch trefft, ist doch nicht normal, das hat ja schon fast was Inzestuöses!«

Melanie schwieg. Ab diesem Tag traf sie Alex meist heimlich und erzählte Ronald nur noch selten davon.

Es kam nun immer häufiger vor, dass Ronald ihr Aussehen bemängelte. Es tat ihr jedes Mal weh, doch wenn sie sich's reiflich überlegte, fand sie: Er hat ja irgendwie Recht, und er ist wenigstens ehrlich mit mir – er schleimt nicht, ich wäre sexy, obwohl das gar nicht stimmt.

Zwar waren ihre Freundinnen neidisch auf ihre Figur und sagten ihr das auch immer wieder. Aber wenn Ronald sie nicht schön fand, dann war das etwas anderes. Er hatte bestimmt Recht, er war schließlich ein Mann und konnte das besser beurteilen.

In letzter Zeit hatte sie zudem manchmal das Gefühl, sie sei nicht gescheit genug für ihn. Nicht, weil er das sagte, sondern wegen seines gereizten Stöhnens, wenn sie ihn nicht gleich sofort verstand, weil grade eines der Babys schrie oder sie in Gedanken die Einkaufsliste durchging. Sie wollte ihn nämlich nach wie vor jeden Abend mit einem seiner Lieblingsessen verwöhnen. Und immer alles dahaben, was er vielleicht brauchte, damit ganz sicher nichts fehlte, wenn's darauf ankam. Sie ging vollkommen darin auf, wenn er sie dafür lobte oder in einem seltenen Moment sogar sagte, dass er sie liebte.

Melanie versuchte mit ihrem großen Ehrgeiz, nicht bloß eine gute Mutter zu sein, sondern eine sehr gute. Und mit demselben Ehrgeiz versuchte sie auch, eine sehr gute Partnerin zu sein. Sozusagen Hure und Heilige gleichzeitig. Sie gab alles. Bis zur Erschöpfung.

Für ihre Freundinnen hatte sie kaum mehr Zeit. Ronald riet ihr auch von ihnen ab. Die eine fand er total daneben, vollkommen unter Melanies Niveau, die andere würde sie nur ausnutzen, und eine dritte schade mit ihrer billigen Art ihrem Ruf.

Von ihrer langjährigsten Freundin sagte er: »Die hat mit mir geflirtet. Natürlich bin ich nicht darauf eingegangen, aber ich wollte es dir einfach sagen, damit du's weißt.«

Es war klar, dass er mit seinem Aussehen und seinem Charme bei ihren Freundinnen sehr gut ankam, bei einigen sogar ein bisschen besser, als Melanie lieb war.

Also trennte sie sich von der falschen Schlampe und der zu einfach gestrickten Freundin sofort.

Nach und nach gingen alle Freundschaften in die Brüche und Melanie zog sich immer mehr zurück. Sie sah fast nur noch Ronald und die Kinder.

Und Alex, ihren Bruder.

Als sie Alex das nächste Mal im Park traf, zog ein kühler Wind durch die blattlosen Baumkronen. Die Kinder waren gut eingepackt und schliefen friedlich im Zwillingswagen.

»Wir sehen uns immer seltener«, sagte er bedrückt. »Gehst du überhaupt noch unter Leute? Du hast doch so viele Freundinnen, mit denen du gerne was unternimmst!«

Sie schüttelte den Kopf. »Mit den Zwillingen ist das schwierig, da kannst du nicht eben mal ins Kino gehen, wenn du Lust hast. Die Kinder sind eine Verantwortung, und zu der habe ich ja gesagt.«

Alex seufzte. »Trotzdem solltest du aufpassen, dass du dich nicht völlig isolierst und von Ronald komplett abhängig wirst. Ich sehe im Dienst täglich Geschichten, die so begonnen haben wie deine, und habe oft genug erlebt, wie sich so was weiterentwickelt. Häufig endet das übel. Hör auf mich, Melanie, pass auf dich auf!«

Sie schwieg. Es hatte keinen Sinn, mit ihm darüber zu reden. Er verstand sie einfach nicht.

Alex betrachtete die schlafenden Zwillinge liebevoll. »Wann feiern wir ihren Geburtstag?«

Melanie schaute zu Boden. Die Kinder würden Ende November ein Jahr alt werden, doch Ronald war die ganze Zeit unterwegs. »Wir haben entschieden, dass wir den Geburtstag der Kids erst nach Weihnachten feiern werden, vorher liegt es einfach nicht mehr drin. Wir holen es im Januar nach, okay?«

Sie wagte es nicht, Alex in die Augen zu blicken, denn sie wusste ganz genau, dass es eben nicht okay war. Doch was sollte sie machen, wenn Ronald es so wollte. Lieber später richtig und mit Stil als jetzt überstürzt und halbherzig.

Bei Ronald brach der Umsatz komplett ein. Er ärgerte sich endlos über Viktoria – die blöde Zicke hatte alle Kurse wieder an sich gerissen, die er von *Viktorias Inspiration* in sein eigenes Geschäft umgeleitet hatte. In seiner Wut zeigte er sie wegen Betrugs an. Leider erfolglos. Sie hatte im Vertrag eine Klausel, dass sie weiterhin in diesem Bereich tätig sein durfte. Er hatte die Passage ignoriert, weil er sicher gewesen war, dass er mit seiner Ausstrahlung alle Kundinnen und Kunden für sich gewinnen würde. Zudem konnte er damals ja noch nicht mit Melanies komplettem Versagen in der Firma rechnen. Das ließ er sie bei jeder Gelegenheit wissen.

Hin und wieder wurde er für einen Symposiums-Auftritt oder für ein Referat gebucht, sonst kam fast nichts mehr herein. Doch er hatte immer noch dieselben Ansprüche eines Luxuslebens mit einem teuren Auto und allem Drum und Dran.
Melanies Reserven gingen immer mehr für seine laufenden Ausgaben drauf.
Und für Ferien.
Auch dort war nur das Beste gut genug. Flug in Business Class, Hotels mit mindestens vier Sternen, lieber fünf. Konnten sie ein edles Haus nicht buchen, weil es nur für Erwachsene war, flippte er tagelang aus.
Doch kamen sie dann in einer Luxusresidenz an, war er glücklich, charmant, gut gelaunt, und alles stimmte. In diesen

Momenten war alles wie früher. Wunderbar, herrlich, wie im Himmel.

Doch danach kamen sie wieder nach Hause und Ronald hatte wieder seine Launen, Bedürfnisse und Ausfälle.

Zu Weihnachten überraschte Melanie Ronald mit einer Luxusreise nach Ägypten. Nicht ganz uneigennützig – sie wollte einfach eine stressfreie Weihnachtszeit, weg vom ganzen Trubel, weg von allen Problemen.

Sie flogen in die Wärme und logierten in einem stilvollen Club mit Babysitter für die Kinder. Die Zwillinge waren nun gut ein Jahr alt, und beide konnten bereits wacklig laufen. Ihre ersten Schritte hatte Ronald verpasst. Irgendwie schien es ihn auch gar nicht zu interessieren.

Seit Noah und Tina gehen konnten, rissen sie alles runter, was nicht niet- und nagelfest war. Für Melanie überaus anstrengend, deshalb war sie sehr dankbar für das Babysitter-Angebot. Abends waren die Kids dann müde von den Tagesaktivitäten und schliefen tief und fest.

Melanie und Ronald machten lange Spaziergänge am Strand. Es tat ihnen gut, sich nach all dem Stress zu entspannen und ihre Zweisamkeit zu genießen. Melanie wählte die Gesprächsthemen vorsichtig, um die Stimmung nicht zu gefährden oder gar einen Ausbruch Ronalds zu vermeiden. So sprachen sie nie übers Geschäft oder über ihre finanzielle Situation.

Irgendwie war das mit seinem Geschäft sowieso faszinierend. Immer, wenn sie dachte, die Firma würde jetzt zusammenbrechen, öffnete sich irgendwo eine Tür. Einmal konnte Ronald eine Stelle erfolgreich besetzen, oder dann kam wieder ein großes, gutbezahltes Symposium. Das schwemmte jedes Mal einen anständigen Batzen in die Kasse. Wahrscheinlich war sie wegen des eigenen geschäftlichen Versagens traumatisiert und hatte Angst, wie es weiterginge. Die Angst war jedoch unbegründet, denn Ronald war ein wahrer Unternehmer. Sie hatte ihn unter- und sich selbst überschätzt. So verdrängte sie ihre Ängste und dunklen Gedanken.

Die Tage waren herrlich. Sie schwammen im Meer, bräunten am Strand ihre Haut, cremten sich gegenseitig ein und waren wie frisch verliebt. Einmal kam ein Anruf eines Mitarbeiters, und Melanie hielt den Atem an. Ronald blieb jedoch entspannt. Es war zwar ein Problem aufgetaucht, aber Ronald konnte es telefonisch lösen. Kein Anfall, kein Ausbruch, keine endlose Tirade. Wow, dachte Melanie hoch erfreut, das ist mein Mann. Mein Ronald. Der beste Mann der Welt.

Einmal buchten sie Wellness für zwei. Zuerst gönnten sie sich eine Paarmassage. Feines Öl auf ihrem Körper, schöne, streichelnde Hände. Danach hatten sie Zugang zum exklusiven Wellnesspool. Badehose war Pflicht, doch Ronald hatte sie vergessen.

»Melanie«, sagte er sauer, »du musst hier an nichts denken außer an meine Badehose – und prompt versagst du! Du ruinierst mir den ganzen Tag!«

Sie sprang auf und rannte zum Zimmer, um die Badehose zu holen. Dabei prallte sie gegen eine offenstehende Tür und stieß sich den Arm. Es widerte sie an, wie sie hier herumhastete, als wäre sie seine Dienerin. Sie widerte sich an. Warum bloß fühlte sie sich ständig schuldig? Selbst wenn sie gar nichts vermasselt hatte, sondern er. Woher kamen diese Schuldgefühle? Sie waren immer da, sie hasste sie und war ihnen doch ohnmächtig ausgeliefert. Diesem Punkt musste sie wirklich mal nachgehen. Dringend.

Als sie mit seiner Badehose zum Wellnesspool zurückkam, war Ronald nicht mehr da. Sie stieg trotzdem in den Pool und beneidete die anderen Pärchen, die miteinander die Wärme und den wunderbaren Duft genossen. Schade, warum ist das bei uns nicht auch so, dachte sie traurig. Tränen füllten ihre Augen.

Ronald kam nicht zurück. Allmählich machte sie sich Sorgen. Wohin hatte ihn die Wut wohl getrieben?

Sie verließ den Pool, ging zum Zimmer.

Kein Ronald.

Sie zog sich an und machte sich auf die Suche nach ihm.

Er war nicht an der Bar. Auch nicht im Fitness-Studio.

Weder bei den Kids im Kita-Bereich noch unten am Strand.

Beunruhigt fragte Melanie an der Rezeption nach. Man hatte ihn weder gesehen, noch hatte er eine Nachricht hinterlegt.

Melanie durchstreifte den Ort und das Resort, stundenlang. Umsonst. Es gab keine Spur von Ronald.

Ihre Verzweiflung wuchs. Was sollte sie tun, wenn er nicht mehr auftauchte?

Irgendwann ging sie aufs Zimmer zurück. Und da war er.

Er lag auf dem Bett und lächelte sie entspannt an. »Wo warst du?«

»Ich habe dich gesucht!«, rief sie aufgebracht. Einerseits war sie froh, ihn gefunden zu haben, andererseits platzte sie fast vor Wut. »Wo warst du denn die ganze Zeit? Ich bin fast gestorben vor Angst!«

»Am Strand. Ich war sicher, du würdest mir folgen. Da du nicht gekommen bist, habe ich mir im Shop eine Badehose gekauft und bin schwimmen gegangen.«

»Ich war am Strand, aber da hab ich dich nirgends gesehen.«

Er hob die Schultern. »Dann hättest du eben besser schauen müssen.« Damit war für ihn die Diskussion beendet.

Doch Melanie hatte ein seltsames Gefühl. Warum war er so vollkommen entspannt?

Sie schlüpfte in den Bademantel. Als sie in die Tasche griff, merkte sie, dass es nicht ihrer, sondern der von Ronald war. Denn sie hielt ein gebrauchtes Kondom in den Fingern.

Angeekelt warf sie es auf seinen Nachttisch.

Dieser miese Typ hatte sie betrogen, obwohl sie sich so sehr bemüht hatte.

Ronald nahm sein Handy und tippte eine Antwort auf eine geschäftliche Mail. Er versuchte nicht einmal, sich zu verteidigen. Es schien ihm irgendwie total egal zu sein.

Melanie stapfte zur Bar und bestellte Wodka Tonic. Sie war so wütend, dass sie nicht mehr sprechen konnte. Am liebsten hätte sie die Kinder gepackt und wäre nach Hause geflogen. Aber … wollte sie das wirklich? Nein, sie wollte stark sein. Für die Kinder. Ich schaffe das, redete sie sich ein. Eines Tages würden sich ihr Durchhaltewille und ihre Tapferkeit lohnen, da war sie ganz sicher.

Nach vier Wodkas lösten sich ihre Wut und ihre Sorgen langsam auf. Sie ging zurück aufs Zimmer und zog sich vor ihm aus. Und dann hatten sie endlich wieder einmal richtig guten Sex.

Na also, dachte sie trotzig, geht doch.

Jedenfalls nahm sie sich vor, sich von nun an öfter zu entspannen und die Erotik in der Ehe wieder aufleben zu lassen. Dann würde sie ihn nicht mehr in die Arme einer anderen treiben. Es würde alles gut werden.

Zurück im Leben zu Hause, begann das neue Jahr schlecht. Ronald platzten mehrere Deals, dreimal hintereinander konnte er seine Kandidaten nicht vermitteln. »Die elende Konkurrenz unterbietet die Preise schamlos!«, schäumte er.

Gleichzeitig neigten sich Melanies Reserven allmählich dem Ende zu. »Du«, begann sie eines Abends vorsichtig. »Ich muss mit dir reden.«

Er sah sie an, schwenkte sein Whiskyglas, sah sie erneut an. »Ja?«

Sie holte Luft. »Wir können uns nicht mehr so oft Ferien leisten. Ich habe in meiner Kaderstellung ja schon einen anständigen Batzen zur Seite gelegt, aber viel ist für *Viktorias Inspiration* draufgegangen, und die hohen laufenden Ausgaben deiner Firma...«

Er stellte das Glas ab. Schaute sie wortlos an.

Dann stand er auf und ging.

An der Tür warf er noch mal einen Blick zu ihr zurück.

Nicht wütend.

Kalt.

Eiskalt.

»Kümmere dich drum«, sagte er mit einer Schärfe, die Melanie durch die Seele schnitt.

Dann war er weg.

Melanie schluckte.

Hielt die Tränen zurück.

In dieser Nacht fühlte sie sich einsamer als in ihrem gesamten früheren Single-Leben.

Wenige Tage später kam Ronalds Geburtstag. Melanie schenkte ihm eine Reisetasche von Louis Vuitton, die er sich schon lange gewünscht hatte. Sündhaft teuer und komplett unvernünftig, aber sie wollte damit den schlechten Jahresstart wiedergutmachen.

Tatsächlich war Ronald total happy. »Du wunderbare Frau, du weißt genau, wie du mich glücklich machen kannst!« Er umarmte sie und drückte ihr einen dicken Kuss auf die Lippen.

Siehst du, dachte Melanie, es lohnt sich eben doch, manchmal über die Vernunftgrenzen hinauszugehen. Es ist ja nur Geld!

An einem kalten Wintertag traf sie Alex im Park. Eine Schneeschicht lag wie eine Decke auf der Wiese unter dem blauen Himmel. Die Zwillinge hatten sich auf dem Spielplatz ausgetobt und lagen nun in ihren kuscheligen Daunenanzügen im Kinderwagen. Zufrieden knabberten sie ihre Kinderkekse, beide hatten ihre Schneidezähne oben und unten schon bekommen.

Alex hielt ihnen zwei niedliche, flauschige Teddybären hin. »Schaut mal, für euch!«

Ein Teddy hatte ein rotes Halsband und einer ein blaues, damit man auseinanderhalten konnte, welcher dem kleinen Noah und welcher der kleinen Tina gehörte.

Die Kinder griffen nach den Bären und ließen sie danach nie wieder los, so kam es Melanie jedenfalls vor. Die Zwillinge liebten die Stofftiere innig. Und Melanie gefielen sie auch.

Alex schaute Melanie an. »Ich gehe davon aus, dass die Party zu ihrem ersten Geburtstag nicht mehr stattfinden wird.«

Melanie blickte weg. Er hatte Recht. Ronald fand eine nachträgliche Feier unnötig, die Kinder würden sich eh nicht an den Anlass erinnern.

»Danke für die schönen Teddys«, sagte sie. »Das ist lieb von dir. Sieh nur, wie sie sich freuen!«

Sie war gerührt, was Alex für ein toller Patenonkel war. Im Gegensatz zu Ronald hatte er an den Geburtstag der Kids gedacht …

»Wie geht es dir?«, fragte Alex. »Wie war euer Urlaub?«

»Recht schön,« antwortete Melanie. Sie wollte ihm nichts von Ronalds Seitensprung erzählen. Es lag auf der Hand, dass er ihr dann raten würde, Ronald sofort zu verlassen. Und das wollte sie nicht. Sie hatte sich entschieden, ihm den Fehler nachzusehen, er hatte ja auch gute Gründe dafür gehabt.

Etwas anderes wollte sie Alex hingegen fragen. »Du, woher kommt es, dass ich plötzlich so Schuldgefühle habe – auch bei Dingen, für die ich überhaupt nichts kann? Das kannte ich früher gar nicht.«

Er sah sie nachdenklich an. »Meine Kollegin von der Abteilung häusliche Gewalt hat mir das einmal so erklärt: Es gibt Menschen, die ein eigenes Schuldgefühl möglichst schnell loswerden wollen, indem sie es an jemand anderen abschieben. Etwa Narzissten haben eine solche Strategie. Und wenn sie auf einen Co-Narzissten treffen, klappt das besonders gut. Eine perfekte Paarung – der Narzisst kann tun und lassen, was er will, der Co-Narzisst räumt hinterher auf. Oft wird das ganz selbstverständlich gelebt, bis zum Tod. Schau mal, wie es bei unseren Eltern gelaufen ist. Wenn Mutter schlechte Laune hatte, schenkte Vater ihr ein Wellness-Abo und wir mussten dienstags in die Kita. Konnte sie sich etwas nicht kaufen, meckerte sie, er würde mehr verdienen, wenn er sich besser durchsetzen könnte – und kurz darauf bekam sie, was sie wollte. Vater kratzte das Geld dafür irgendwie zusammen. Erinnerst du dich? Sie gab ihm immer die Schuld für alles, und er nahm sie auf sich – und tat alles dafür, damit er die Schuldgefühle wieder loswurde, indem er ihr irgendwas kaufte.«

Melanie hörte wie gebannt zu. Sie konnte sich glasklar an alles erinnern. Alles, was Alex sagte, stimmte, jedes einzelne Wort. »Mich hat das oft geärgert«, sagte sie leise. »Ich fand es total ungerecht.«

»Ich auch, aber als ich Vater mal darauf ansprach, meinte er, der Friede sei es ihm wert.«

Melanie nickte. »Das ist bei mir genauso. Der Friede ist mir wichtiger als endlose Diskussionen, die am Schluss doch nichts bringen.«

»Aber das öffnet den Schuldgefühlen eben Tür und Tor«, sagte Alex. »Die kommen in solchen Situationen blitzschnell, und du tust alles, um sie wieder loszuwerden.«

»Schon, aber ich verstehe Ronald auch, dass er manchmal keine Nerven hat. Es macht mich zwar wütend, doch damit kann ich irgendwie umgehen. Und deshalb werde ich es weiterhin so halten. Ich muss es einfach schaffen, mich in solchen Momenten nicht aufzuregen und ruhig zu bleiben. Dann geht es allen gut.«

Alex seufzte resigniert. »Melanie, du wolltest wissen, woher plötzlich diese Schuldgefühle kommen, und ich habe es dir gesagt. Was du nun damit machst, ist deine Sache. Aber wenn du mal Hilfe brauchst – an mich kannst du dich jederzeit wenden. Hörst du? Jederzeit!«

Sie nickte abwesend.

Dann saßen sie lange Zeit still da.

Der kalte Wind legte einen eisigen Klammergriff um Melanie. Von außen um ihre Wangen und von innen um ihr Herz.

Der Frühling zog ins Land und Romys Geburtstag stand vor der Tür. Früher mochte Romy die rauschenden Feste mit vielen Freunden und Bekannten, aber inzwischen hielt sie sich zu alt für solche Albernheiten. Insgeheim kam sie mit dem Älterwerden nicht zurecht. Sie hatte immer großen Wert auf ihr Äußeres gelegt, und nun gelang es ihr nicht mehr, die Falten zu kaschieren. Das war ihr peinlich. Deshalb feierte sie den Ehrentag diesmal lieber im Kreis der Familie und lud alle zum Essen ein.

Melanie freute sich auf das Fest. Sie wickelte die Zwillinge, fütterte sie und zog sie hübsch an. Die beiden hatten inzwischen noch mehr Zähnchen bekommen und konnten richtig zubeißen. Sie rannten und hüpften gerne herum und entdeckten die Welt, griffen nach allem Möglichen und steckten es sich in den Mund. Einmal hatte Tina plötzlich eine Zigarette von Ronald in ihren Fingerchen. Wie gut, dass Melanie es rechtzeitig bemerkte. Auch seine Aspirin-Röhrchen lagen überall herum. Ab sofort kontrollierte Melanie mehrmals täglich die Wohnung und legte alle gefährlichen Gegenstände in die Höhe, wo sie für die Kinder unerreichbar waren. Ronald kümmerte sich nicht darum, und das ärgerte Melanie, obwohl sie sich vorgenommen hatte, sich weniger aufzuregen.

Kaum waren die Kinder für die Abfahrt bereit, musste Melanie Noah noch mal wickeln. Ronald wartete rauchend an der Tür. Er blies genervt Rauch aus, anstatt ihr zu helfen.

Als sie endlich fahren konnten, wurde die Zeit immer knapper. Ronald raste durch die Stadt, und sie kamen schließlich völlig gestresst bei den Eltern an.

Drinnen machte Ronald eine abfällige Bemerkung über Melanies chaotische Planung.

Romy lächelte achselzuckend. »Melanie war schon immer so.«

Stimmt gar nicht, dachte Melanie und fühlte sich einmal mehr unfair behandelt.

Ihr Vater genoss einen Aperitif, Marianne leistete ihm Gesellschaft. Ronald gesellte sich zu ihnen, während Alex in der Küche half. Melanie spielte im Wohnzimmer mit den Zwillingen. Langsam entspannte sie sich.

Dann gingen sie zu Tisch. Romy hatte das Essen bei einem edlen Caterer bestellt. Es schmeckte vorzüglich. Zur Vorspeise gab es eine Frühlingssuppe mit knackigem Gemüse und zur Hauptspeise Kalbsbraten mit Morcheln, Weißweinrisotto und Spinat. Der Wein war köstlich, ein schwerer Ribera del Duero aus Spanien. Wahrscheinlich war das auch der Grund, warum alle mehr tranken als sonst.

Melanie spürte eine Spannung zwischen ihren Eltern.

Alex und Marianne sprachen wenig, sie schauten Ronald kaum an.

Auch Romy bemerkte die eigenartige Stimmung und versuchte sie wegzureden. Sie hatte dabei eine seltsam hohe Stimme, fast hysterisch.

Die Zwillinge weinten dauernd. Melanie versuchte sie zu beruhigen und war ständig mit ihnen beschäftigt.

Plötzlich blitzte Alex Ronald an. »Willst du Melanie nicht wenigstens an einem solchen Fest mal unterstützen?«

Ronald lächelte. »Sie kann das besser als ich, weißt du, Lexchen.«

»Was bist du nur für ein Vater«, murmelte Alex.

»Du wirfst mir vor, ich sei ein schlechter Vater?« Ronald legte die Gabel ab. »Ich bin wenigstens der leibliche Vater meiner Kinder, das kann in diesem Raum nicht jeder von sich behaupten.«

Mutter wurde noch bleicher, als sie ohnehin schon war.

Melanie hielt den Atem an. Ronald hätte das doch niemals verraten dürfen!

Es war totenstill im Raum, nur das Ticken der alten Wanduhr war zu hören.

Alex sah Ronald an. Dann Mutter. Dann Vater.

Und dann begann er zu begreifen.

Vater wischte sich mit der Stoffserviette den Mund ab. »Alex«, begann er.

Alex stand auf und nahm Mariannes Hand.

Wortlos verließen die beiden das Haus.

Ronald musterte Vater verächtlich. »Du bist ein Feigling. Du hast es deinem Sohn nie erzählt. Deine Frau musste immer alles für dich tun. Ohne sie wärst du ein kleiner Wurm. Und dann redest du mich auch noch schlecht vor Melanie. Du hast von nichts eine Ahnung.«

Nun wandte er sich an Romy. »Mama, ich bewundere deine Ausdauer – dass du es dein Leben lang an der Seite dieses

Taugenichts ausgehalten hast? Dabei hättest du doch jeden haben können, so großartig wie du bist!«

Romy errötete. »Hans und ich hatten auch gute Momente, das musst du wissen, Ronald.«

Sie schaute ihren Mann an. »Aber wenn ich ehrlich bin, habe ich die Achtung vor dir schon damals verloren, als du geweint hast, weil ich das Kind verlor.«

Sie stand auf und starrte ihn an. »Dabei war ich in Wirklichkeit gar nicht schwanger! Das habe ich nur behauptet, weil die schöne Gisela von der Schule auf dich stand – so habe ich dich ihr weggeschnappt. Ich habe gewonnen!«

Sie nahm einen Schluck und murmelte in ihr Glas: »Und dann hatte ich dich und versuchte die ganze Zeit, das Beste draus zu machen.« Resigniert sah sie zur Tür, durch die Alex gerade gegangen war. »Ich musste mit Männern schlafen, damit du im Beruf weiterkommst. Wie viele Opfer habe ich für dich auf mich genommen! Ich musste auch ständig Diät halten, damit ich an deiner Seite glänzen konnte. Du selbst warst ja immer eine graue Maus.«

Hans stand wortlos auf. Er ging nach oben, packte seine Sachen und verließ das Haus.

War es der Alkohol? Hatte es das gebraucht, damit die ganze Wahrheit endlich an die Oberfläche kam? Melanie war schockiert, bestürzt, vollkommen durcheinander.

Romy begann das Geschirr abzuräumen. »Der wird schon wiederkommen«, murmelte sie.

»Melanie«, sagte Ronald. »Hilf deiner Mutter! Siehst du nicht, dass sie Hilfe brauchen kann?«

»Und ich?« Melanie starrte ihn an. »Ist es dir egal, wie es mir geht?«

»Du denkst immer nur an dich«, stieß Ronald verächtlich hervor. »Ständig jammerst du, keiner kann es dir recht machen. Und wenn es andern schlecht geht, behauptest du, es gehe dir noch schlechter. Sind wir eigentlich bei einem Wettbewerb, wem es am schlechtesten geht, oder was? Du bist so unreif, Melanie! Hast zwei Kinder und bist überfordert. Andere Mütter haben viel mehr Kinder und arbeiten richtig. Aber was du im Geschäft leistest, ist erbärmlich. Ich weiß bald nicht mehr, was ich mit dir machen soll. Auch deine Figur ist außer Rand und Band – einen Sackarsch hast du gekriegt, und von deinen Brüsten reden wir gar nicht erst!«

Mutter verfolgte mit einer Mischung aus Abscheu und Faszination den Disput.

Ronald achtete gar nicht auf sie und fixierte weiterhin Melanie. »Am Anfang warst du im Bett eine Granate. Jetzt langweile ich mich nur noch mit dir. Du berührst mein bestes Stück, als ob du eine Kuh melken würdest. Du bist nicht mehr das, was ich geheiratet habe. Deine Muschi ist von der Geburt ausgeleiert. Das Ganze kotzt mich an. Wenn sich nicht bald einiges ändert, werde ich dich verlassen!«

Das saß. Melanie begann zu weinen. Nun wusste sie natürlich auch, warum er in letzter Zeit Erektionsstörungen hatte. Sie gefiel ihm nicht mehr, das war's. Ja, ihre Figur hatte gelitten – es war brutal, aber Ronald hatte in allen Punkten Recht.

Und das Schlimmste war, dass ihre Mutter das alles mitgehört hatte. Das war schlicht und einfach unsäglich peinlich.

Romy nahm einen Schluck Grappa. »Melanie, hör' auf Ronald. Sei froh, dass er eure Probleme anspricht, so habt ihr wenigstens eine Chance, sie zu lösen.«

»Was?« Melanie war wie gelähmt. »Mutter…«

»Ronald ist großartig«, sagte Romy. »Merkst du das nicht? Der Mann hat Charakter und Mut. Sei dankbar für ihn und ändere dich!« Und etwas versöhnlicher fügte sie hinzu: »Alles wird gut, Schätzchen. Du musst dich nur ein wenig anstrengen.«

Auf dem Heimweg war Melanie zutiefst verunsichert. Dieser Abend war jetzt einfach zu viel gewesen. Dass Ronald das Geheimnis um Alex ausgeplaudert hatte, war das eine. Aber seine Drohung, sie zu verlassen, zog ihr den Boden unter den Füssen weg. Das durfte einfach nicht geschehen! Schon lange hatte sie sich davor gefürchtet, dass sie ihm früher oder später nicht mehr genügen würde, es sich aber nie wirklich eingestanden. Sie hatte sich die ganze Zeit so angestrengt, ständig jegliche Grenzen überschritten, alles und noch mehr gegeben. Und jetzt war ihre Ehe trotz allem in Gefahr. Sie musste einen Weg finden, um noch eine Chance zu haben. Und sie wusste auch schon, welchen Weg. Sie würde sich noch mehr Mühe geben.

Als sie zu Hause ankamen, steckte sie die Kinder ins Bett und brachte Ronald ein Glas Wein.

Er saß auf dem Sofa.

Sie setzte sich zu ihm. »Ronald, es tut mir leid, dass ich mich gehen ließ. Ich strenge mich jetzt noch mehr an, dich glücklich zu machen.«

Sie kuschelte sich an ihn.

Er blieb steif.

»Ronald«, sagte sie an seiner Schulter. »Ich verspreche dir, ich ändere mich. Es soll dir an nichts mangeln, ich werde dir jeden Wunsch von den Lippen ablesen. Ich meins ernst. Die Kinder sind jetzt schon alt genug, dass ich sie in die Kita bringen kann. So habe ich wieder mehr Zeit für uns. Für dich, mein liebster, mein Allerliebster.«

Er reagierte immer noch nicht. Erwiderte ihr Anschmiegen nicht, sagte kein Wort.

Melanie wurde immer ängstlicher. In ihrer Verzweiflung fiel ihr etwas ein. »Ich habe mir überlegt, eine Scheidenstraffung vornehmen zu lassen. Du hattest Recht. Eine Geburt hinterlässt Spuren. Ich möchte das wieder gut machen.«

Er sah sie an. »Das würdest du tun?«

In seine Augen trat dieser warme Blick. Der Blick, für den sie sterben würde.

Er legte den Arm um ihre Schultern.

»Ja« hauchte sie, »für dich tue ich es.«

Er beugte den Kopf zu ihr und küsste sie innig.

Am nächsten Tag waren die Kids in der Kita, und Melanie erledigte zu Hause den Haushalt.

Da rief ihre Mutter an. »Hans ist nicht mehr nach Hause gekommen.«

»Was? Seit dem Geburtstagsfest?«

»Ja. Er nimmt auch das Mobiltelefon nicht ab.«

»Okay, ich versuch's mal«, sagte Melanie. »Vielleicht geht er bei mir ran.«

»Ja, tu das.«

Melanie unterbrach die Verbindung und wählte die Handy-Nummer ihres Vaters.

Nach dem zweiten Klingeln ging er dran. Er sagte, dass er Abstand brauche. Er lebe in der Wohnung eines Freundes, der gerade eine Weltreise mache. Wenn sie es für sich behalte, gebe er ihr die Adresse und sie könne ihn mal besuchen.

Sie vereinbarten ein Treffen.

Wohlweislich erzählte Melanie Ronald nichts davon. Sie war schlauer geworden.

Ronald reiste vor den großen Sommerferien geschäftlich ab. Sie hätte gerne mit ihm und den Kindern die schönen Sommertage genossen, im Strandbad gespielt, die Zwillinge liebten das Wasser und planschten stundenlang im Kinderbecken.

Doch Ronald konnte die Reise nicht aufschieben. »Jetzt werden die Weichen für das neue Betriebsjahr gestellt, meine Meinung ist gefragt und ich werde fürstlich entlöhnt.«

Also ging sie alleine mit den Kleinen ins Strandbad. Die Kinder waren wild, tollten herum und hatten ständig Schrammen.

Es machte Melanie traurig, dass Ronald so viele Fortschritte der Zwillinge verpasste. Andererseits war sie auch froh, wenn sie ein paar Tage für sich hatte. So konnte sie ihre Gedanken ordnen und Alex oder ihren Vater treffen, ohne sich rechtfertigen zu müssen.

Nach Ronalds Rückkehr von der Geschäftsreise fand sie in seiner Jackentasche einen rosa Zettel mit einem Herzchen drauf und einer Handynummer und dem Text Von Janine: »Du bist schnuckelig.«

Melanie starrte den Zettel wie gelähmt an. Sie konnte keinen klaren Gedanken mehr fassen.

Sie nahm ihren ganzen Mut zusammen und zeigte Ronald ihren Fund. Sie war so verstört und wütend, dass er's ohnehin gemerkt hätte, somit hatte es gar keinen Sinn, so zu tun, als wäre nichts gewesen.

Er sagte: »Was hast du in meinen Jackentaschen zu suchen? Spionierst du mir nach?«

»Nein, ich wollte die Jacke für dich zur Reinigung bringen.«

Er blies ungehalten Luft aus und deutete auf den rosa Zettel. »Das ist nichts. Die wollte was von mir, aber ich hab sie weggeschickt. Obwohl sie ganz schön scharf auf mich war, das kannst du dir ja vorstellen, die blöde Kuh.«

Melanies Wut verrauchte diesmal nicht. Im Gegenteil. Sie war wütend genug, um zu sagen: »Okay, ich rufe diese Frau jetzt an und frage sie, wie du im Bett warst und was deine Lieblingsstellung ist.«

Ronald schnaubte. »Meine Privatangelegenheiten gehen dich überhaupt nichts an! Vergiss es einfach wieder!« Und etwas ruhiger: »Das Ganze hat überhaupt nichts mit dir zu tun, Melanie. Schau mal – du bist nächtelang mit den Kindern beschäftigt und total ausgelaugt. Darauf nehme ich Rücksicht. Aber du weißt doch, ich bin ein Mann. Ein Mann mit Bedürfnissen.«

Er kam und wollte sie in die Arme nehmen. Sie entzog sich ihm und trat einen Schritt zurück. »Ich tue alles für dich, opfere mich auf, verzichte auf meine Karriere. Und was ist der Dank? Du betrügst mich, und zwar nicht zum ersten Mal. Du bist einfach das Letzte!«

Sie raste regelrecht und schlug nun mit den Fäusten auf seine Brust ein.

Ronald packte ihre Handgelenke. Er hielt sie so fest, dass ihre Knöchel schmerzten.

Sie versuchte sich aus dem Klammergriff zu befreien, doch er war viel stärker. Sie hatte keine Chance.

»Reiß dich zusammen!«, zischte er. »Du bist im Bett eine Niete, hast im Job versagt, und jetzt bist du auch noch eine schlechte Mutter – die Kinder schreien ständig! Als Ehefrau taugst du erst recht nicht. Sei froh, dass ich dich ertrage und dich nicht schon lange verlassen habe. Ich hätte jede haben können! Dass ich hin und wieder Zuwendung von einer anderen Frau brauche, ist allein deine Schuld. Misch dich nie wieder in meine Angelegenheiten ein, kapiert!?«

Er starrte mit seinem durchdringenden Blick an.

Der erlaubte keine Widerrede, nur auf eigene Gefahr.

Melanie war erschöpft.

Sie hatte keine Kraft mehr und wollte sich abwenden.

Doch er hielt sie fest und drückte sie an sich. »Melanie, du weißt doch, dass du das Wichtigste in meinem Leben bist! Ich liebe dich, nur dich.«

Melanie war so verwirrt, dass sie gar nichts mehr sagen konnte. Eine Stimme in ihrem Innern flüsterte, dass er die Wahrheit sagte. Das mit der anderen ist doch nur Sex, was rein Körperliches, Äußerliches. Es hat nichts mit seinem Herzen zu tun. Er kommt ja immer nach Hause, seine Liebe gehört mir.

Ronald schaute sie an, jetzt mit seinem warmen Blick. Und nun auch mit seinem unwiderstehlichen Lächeln.

Er nahm sie an der Hand.

Führte sie ins Schlafzimmer.

»Oh, deine Schamlippen sind ja noch gar nicht straff!«, stellte er enttäuscht fest.

Sie hatte die Operation abgesagt. Als ihr neulich dieses Versprechen herausgerutscht war, kam sie sich nachher vollkommen daneben vor. Wenn sie sich für einen Mann verstümmeln ließe, würde sie endgültig jede Selbstachtung verlieren. Doch das sagte sie Ronald natürlich nicht.

Stattdessen murmelte sie: »Der Arzt meinte, der Eingriff würde bei meinen Schamlippen nichts bringen.«

»So«, meinte er und legte sich auf sie.

Und dann hatten sie Sex. Versöhnungssex. Besser als nichts.

Der Seitensprung mit dieser Janine ging Melanie nicht mehr aus dem Kopf. Immer wieder fielen ihr Szenen ein, wie eine wahnsinnig sexy Janine mit einer atemberaubenden Traumfigur vor Ronald kniete, und er mit geschlossenen Augen den Kopf in den Nacken legte und genussvoll aufstöhnte.

Die Bilder gingen nicht weg. Ihre Selbstzweifel wuchsen. Sie fühlte sich immer kleiner, unbedeutender, wertloser.

Am Tag des Treffens mit ihrem Vater brachte Melanie die Kinder morgens in die Kita. Sie gingen gerne hin, hatten schnell Freundschaften geschlossen. Es war süß, wie Tina Noah tröstete, wenn er Heimweh hatte. Er war körperlich stärker, Tina dafür umso kecker, sie hatte vor nichts Angst.

Sie hielt vor dem Haus mit der Adresse an, die er ihr angegeben hatte. Vor der Tür stand eine Harley.

Melanie klopfte im dritten Stock an die Tür. Vater öffnete. Er trug sein Haar länger, und er wirkte sehr entspannt. Die Wohnung war spartanisch eingerichtet. Nur das Nötigste. Aus einer modernen Sound-Anlage klang Lounge-Musik, ein Roboter-Staubsauger drehte geräuschlos seine Runden.

Melanie schnupperte. Die ganze Wohnung roch nach Kuchen. »Selbst gebacken?«

»Natürlich«, schmunzelte er.

»Wer hätte das gedacht!« Sie sah sich um. Es gab keine Vorhänge, an den Wänden hing nichts. Die Leere hatte etwas Beruhigendes. »Wie bist du denn zu dieser Wohnung gekommen?«

»Setz dich doch erst mal. Kaffee?«

»Gerne. Mit etwas Milch und Zucker.«

Er goss dampfenden Kaffee in ihre Tasse. Die Milch war gemäß Aufschrift vom Bauern. Bio. Melanie staunte. War das wirklich ihr Vater?

Der Kaffee schmeckte vorzüglich. Ebenso der Kuchen.

Hans setzte seine Tasse auf dem Couch-Tisch ab. »In diese Wohnung ziehe ich mich schon seit Längerem zurück, wenn ich für mich sein will...Ich habe gemerkt, dass es mir manchmal ganz guttut, alleine zu sein.«

Er stand auf, holte Servietten und reichte ihr eine. »Ich habe mir inzwischen einen eigenen Freundeskreis aufgebaut. Einige meiner Kumpels hast du ja in der Bar gesehen. Die meisten fahren Harley.«

»Du jetzt auch? Gehört die Maschine draußen dir?«

Er nickte. »Ich fühle mich frei, wenn ich mit ihr unterwegs bin. Frei wie ein Vogel. Ich habe mich in meinem ganzen Leben nicht so großartig gefühlt. Auf einer Tour merke ich jedes Mal, wie ich frei atmen kann.«

Melanie staunte immer mehr.

Das sah er ihr an. »Ich hätte auch nie gedacht, dass Männerfreundschaften so wertvoll sein können. Als es mir nach dem Geburtstag deiner Mutter so mies ging, waren einige meiner Kumpels wirklich für mich da. Ich habe vor ihnen geweint. Stell dir das mal vor! Ich und weinen! Und dann noch vor anderen!«

Melanie konnte sich das tatsächlich kaum vorstellen. Sie rührte immer noch ihren Kaffee, obwohl die Tasse leer war.

»Sie hörten mir zu, und dann haben wir ein Bier getrunken. Das war genau das, was ich gebraucht habe. Und weißt du, wem die Wohnung hier gehört?«

»Keine Ahnung. Einem dieser Freunde?«

»Meinem alten Schulfreund Dave, dem ich damals die Direktorenstelle unwissentlich abgeluchst hatte!«

»Echt jetzt?«

Er schmunzelte. »Wir sind uns mal begegnet, haben uns ausgesprochen, und er hat mir verziehen. Melanie, ich habe in der Vergangenheit viele Fehler gemacht. Aber ich bin jetzt gerade gut unterwegs. Ich finde zurück zu mir. Deshalb brauche ich eine Auszeit. Ich werde vorläufig nicht zu Romy zurückkehren. Mir ist es sehr wohl ohne sie. Ich sehe im Moment keinen einzigen Grund, bei ihr zu bleiben.«

Melanie musste das sich setzen lassen. Ihre Eltern würden sich vielleicht trennen – das war beängstigend. Draußen zog ein Herbststurm auf, dicke Regentropfen schlugen gegen das Fenster. In ihr drin sah es genauso aus.

Sie wollte bei Hans nicht nachhaken, sonst würde es ihr vollends den Boden unter den Füssen wegreißen. Sie wusste nicht, was sie sagen sollte. Das Schweigen wurde immer länger.

Hans holte nochmals Kaffee und schenkte nach. Melanie war das recht. Aber Kuchen konnte sie keinen mehr essen. Er wäre ihr im Hals stecken geblieben.

Hans musterte sie. »Wie geht es denn dir, meine liebe Tochter?«

Da brach es plötzlich aus ihr heraus. Sie begann zu weinen. Schluchzend erzählte sie, wie hart alles für sie war. Dass Ronald sie mehrfach betrogen hatte und dass sie trotzdem alles unternehmen wollte, um die Ehe zu retten. »Es ist sehr schwierig mit Ronald, aber er ist der Vater meiner Kinder! Ich bin so froh und dankbar, dass ich Kinder habe. Und wir haben ja auch gute Momente. Darauf will ich bauen. Wenn die Kinder groß sind, können wir weiterschauen.«

Hans sagte nichts. Er war mit der Situation überfordert. Immerhin kam er auf die Idee, ihr ein Taschentuch zu geben.

Nach einer Weile fragte Hans: »Wie geht es den Kindern?«

Melanie wischte sich Nase und Augen trocken. Ein Lächeln huschte über ihr Gesicht. »Die beiden reden gerne und viel.

Manchmal sogar ganze Sätze. Gestern hat Noah »Ich liebe Mama« gesagt, mir kamen gleich die Tränen.«

»Grüß sie von mir und gib beiden einen dicken Kuss«, sagte Hans. »Ich vermisse sie. Bringst du sie das nächste Mal mit?«

Melanie versprach es ihm, obwohl sie auch gerne in Ruhe mit ihm reden wollte, auch über ernste Themen.

Dann machte sie sich auf den Heimweg. Sie verließ ihren Vater aufgewühlt, aber irgendwie auch mit einem guten Gefühl.

raußen auf dem Gehsteig hatte sie zehn verpasste An-
rufe ihrer Mutter auf dem Handy. Sie hatte es stumm
gestellt, um bei ihrem Vater ungestört zu sein.

Sofort rief sie Romy an.

»Melanie, endlich rufst du zurück!«

»Was ist denn los, Mama?«

»Der Arzt meinte, meine Blutwerte stimmen nicht. Ich muss
zu einem Test in die Klinik, und er hat etwas von Tumor oder
so gesagt. Begleitest du mich? Dein Vater ist ja mal wieder
nicht da, wenn er gebraucht wird!«

»Wann ist denn der Termin?«

»In einer Stunde!«

»Was? Schon so bald?«

»Gut, geh ich eben alleine hin!«

»Nein, natürlich begleite ich dich. Ich hole noch rasch die
Kinder in der Kita ab, dann treffe ich dich in der Klinik.«

So war Melanie schließlich dabei, als Romy ihre schwere
Diagnose vom leitenden Arzt erhielt: Lungenkrebs im fortge-
schrittenen Stadium. Der Arzt ließ die beiden mit den Kindern
im kahlen Praxisraum allein.

Melanie war schwindlig, sie musste sich an der Stuhllehne
festhalten.

Romy war zunächst sprachlos. Dann begann sie zu weinen.
«Warum gerade ich? Ich habe mich immer gesund ernährt, ich
war nie übergewichtig, ich habe immer alle möglichen Vitami-
ne genommen, ich habe viel Sport getrieben, ich habe nie ge-
raucht und kaum was getrunken! Warum ich?«

Melanie versuchte in ihrem Schock, die Situation etwas aufzuhellen. »Vielleicht hast du zu gesund gelebt?«

Romy hörte auf einen Schlag auf zu weinen. »Ich liege im Sterben und dir kommt nur ein doofer Spruch in den Sinn? Hast du denn kein Mitgefühl? Kein Wunder, wendet sich Ronald von dir ab! Nicht die Spur von Empathie, stattdessen unpassende, oberflächliche Sprüche, wenn dein Mitgefühl gefragt wäre. Mein Gott, wie habe ich das nur verdient!«

Melanie biss sich auf die Lippe. Sie hätte sich ohrfeigen können für ihren dummen Spruch. »Entschuldige, Mama«, murmelte sie.

Zu allem hinzu begannen nun auch noch die Kinder zu weinen. Die beiden merkten, dass etwas nicht stimmte und waren vollkommen verängstigt.

Erst als Melanie und Romy die beiden auf den Schoss hoben, beruhigten sie sich allmählich wieder.

Nun saßen sie da mit den Kindern auf dem Schoss und wussten nicht mehr, was sie sagen sollten. Und wie es weitergehen würde.

Der Arzt kam in den Praxisraum zurück. Er verordnete Romy eine Chemotherapie, um die Chance zu nutzen, die sie noch hatte. Dafür musste sie aber nicht in der Klinik bleiben, sondern durfte zu Hause wohnen und nur für die Therapieeingriffe in die Klinik kommen. Immerhin.

Nachdem sie alle Einzelheiten besprochen hatten, fuhr Melanie Romy heim. Im Auto war es still, die Kinder schliefen schon nach wenigen Minuten ein. Keiner fand die richtigen

Worte. Es gab auch keine, um die Angst und das Entsetzen auszudrücken, das so unvermittelt in ihr Leben getreten war.

Melanie hätte sich eher die Zunge abgebissen, als nochmals etwas Falsches zu sagen. Sie war hilflos und traurig, dass sie in einem solchen Moment die Gefühle nicht zeigen konnte, weil sie falsch sein könnten.

Melanie organisierte für Romy einen privaten Pflegedienst, der sich um sie kümmerte, weil Hans ja nicht da war und sowohl Alex als auch sie selbst es nicht schaffen würden, Romy täglich zu besuchen und sie zu pflegen.

Romy hatte keinerlei Freunde, die sie besuchten. Sie weinte viel, was sie jedoch nicht zugab. Aber ihre Augenringe verrieten sie.

Ronald übernachtete inzwischen häufiger auswärts als zu Hause. Melanie fühlte sich einsam. Jeden Abend legte sie sich, nachdem sie die Kinder ins Bett gebracht hatte, ins Bett und weinte sich in den Schlaf.

Schließlich hielt sie es nicht mehr aus. Sollte ihre Beziehung heil durch diese Phase kommen, musste sich etwas ändern.

Sie schlug Ronald eine Paartherapie vor.

»Hör mal«, sagte er scharf. »Wenn du mit solchem Psychokram kommst, ist es aus mit uns. Dann kannst du's vergessen, verstehst du? Dann kannst du gehen!«

Ihr verschlug es die Sprache. Dass er gleich mit so einem schweren Geschütz auffuhr, hätte sie nicht erwartet. Hatte er denn gar kein Interesse an der Gesundung ihrer Beziehung?

Offenbar nicht. Er sprach von Trennung. Nun schon zum zweiten Mal. Das schien für ihn zunehmend eine realistische Option zu sein. Sie musste sich in Acht nehmen.

Verzweifelt hoffte sie, dass sie es ohne Therapie schaffen würden. Wenn die Kinder etwas größer wären, hätte sie bestimmt auch wieder mehr Zeit für Ronald, um ihn zu verwöhnen. Sie versuchte, ihre Sorgen und die ungebetenen Gedanken zu verdrängen. Und sie bat Ronald, seine Jacketts künftig selbst zur Reinigung zu bringen.

Statt besser wurde die Beziehung jedoch schlechter. Ronald sagte immer häufiger in Diskussionen: »Du kannst ja gehen, wenn es dir nicht passt«. Oder: »Wenn das so ist, musst du gehen, aber die Kinder bleiben bei mir, damit das klar ist. Und du wirst nie wissen, was ich mit ihnen mache. Vielleicht tu ich ihnen sogar etwas an, und du wirst nie erfahren, wo sie sind. Du wirst den Rest deines Lebens leiden und nie mehr glücklich sein.«

Melanie war wie erstarrt. Solche furchtbaren Gedanken hatte er noch nie geäußert. Sie konnte nicht einschätzen, wie ernst er es meinte. Waren das leere Drohungen? Oder war er tatsächlich fähig, den Kindern etwas anzutun? Es waren doch seine Kinder!

Melanie hatte Angst. Schreckliche Angst, sie würde auf einen Schlag die Kinder und alles verlieren, was ihr im Leben wichtig war.

Das durfte einfach nicht sein.

Nein, das durfte nicht sein.

Nie im Leben.

nzwischen war Melanies Erspartes aufgebraucht. Sie wollte Ronald nicht ständig nach Geld fragen. Deshalb übernahm sie ein Teilpensum bei ihrem früheren Arbeitgeber, das sie zu Hause im Homeoffice erledigen konnte. Die Zeit, in der die Kinder in der Kita waren, konnte sie dafür nutzen. Natürlich bekam sie nicht mehr den kreativen Kaderjob, der ihr so gut gefallen hatte, bei dem sie viel Kontakt mit Menschen hatte, sondern eine rein administrative Aufgabe, die sich eben gut von daheim aus erledigen ließ.

Sie arbeitete buchstäblich in jeder freien Minute.

Die Tage waren vollgepackt mit Arbeit: Kinder, Haushalt, Homeoffice, Ronald verwöhnen.

Dazwischen lagen kurze, ohnmachtsähnliche Nächte, die von Kinderweinen unterbrochen wurden.

Dieses Leben zehrte an ihrer Substanz. Sie hatte nicht mehr die Engelsgeduld mit den Kindern, und auch nicht mit Ronald.

Wo sie früher einfach souverän nachgegeben hatte, schnappte sie jetzt manchmal zurück.

Und so hatten sie immer häufiger Streitereien.

Diese wurden ständig heftiger.

Bis es einmal eskalierte.

An besagtem Abend schrien sie sich eine gefühlte halbe Stunde lang an. Die Zwillinge rannten ins Kinderzimmer – das taten sie immer, wenn es laut wurde. Noah und Tina legten sich ins gleiche Bett und zogen sich die Decke über den Kopf. Melanie hatte das schon mehrmals beobachtet. Es brach ihr das Herz, doch sie hatte kein Mittel dagegen.

Melanie schluchzte im Wohnzimmer: »Ronald, ich tue alles für dich, aber es ist nie genug. Ich gebe mir alle Mühe, aber du verlangst immer noch mehr. Du betrügst mich, du beleidigst mich, und ich ertrage es. Aber jetzt kann ich nicht mehr. Ich verlasse Dich!«

Sie erschrak selbst über sich, das hatte sie so nicht sagen wollen, es war ihr einfach rausgerutscht.

Ronald sah sie wortlos an. Dann ging er ins Kinderzimmer, zog Noah vom Bett, trat ans Fenster und öffnete es.

Mit einem kalten Lächeln hielt er den Jungen am Fußgelenk kopfüber aus dem Fenster und sah Melanie ruhig an. »Wiederhole, was du grade gesagt hast.«

Melanie schrie, schrie um das Leben ihres Sohnes. »Ich nehme alles zurück! Ich bleibe bei dir, für immer und ewig!«

In diesem Moment klingelte es an der Tür.

Ronald hob den weinenden Noah herein, nahm ihn in den Arm und streichelte ihn sanft über die Wange.

Ruhig ging er zur Tür. Zwei Polizisten standen draußen. »Wir sind von besorgten Nachbarn gerufen worden. Können wir eintreten?«

»Selbstverständlich«, antwortete Ronald gelassen, den nun wieder ruhigen Noah immer noch auf dem Arm.

Die Beamten traten ein. »Was ist denn los?«

»Meine Frau ist hysterisch geworden«, erklärte Ronald. »Es tut mir leid, das kommt manchmal vor.«

Die Polizisten blickten Melanie an. Sie war total aufgelöst.

»Mein Mann hat versucht, unseren Sohn aus dem Fenster zu werfen!«

Ronald lachte auf. »Ich habe was? Hast du jetzt schon Wahnvorstellungen, Melanie? Das wird ja immer schlimmer.«

Die Polizisten musterten Melanie. »Sind sie sicher, dass er ihn aus dem Fenster werfen wollte?«

Sie wollte »Ja« sagen. Aber sie erkannte, dass Ronald ihr dafür das Leben noch mehr zur Hölle machen würde. Und die Polizei würde ihr ohnehin kaum glauben.

Das Bild, das sich den Beamten bot, war klar: Die Frau rastet vollkommen aus, der Mann ist der ruhige Pol im Haus, dem man die Sache ruhig anvertrauen konnte, der alles im Griff hatte – solange sie nicht hysterisch herumbrüllte oder gar noch mehr ausrastete.

»Wir werden sie separat befragen«, meinte der eine Polizist.

»Nein, nicht nötig«, antwortete Melanie hastig. Sie wollte, dass der Spuk so schnell wie möglich vorbei war.

Die Beamten nahmen ihr das Versprechen ab, nicht mehr das ganze Haus wegen nichts und wieder nichts zusammenzuschreien.

Melanie schämte sich zutiefst und versprach mit zittriger Stimme, sich zu bessern.

Die Polizisten notierten sich den Vorfall und zogen wieder ab.

ortan lief es immer so – wenn jemand von ihren Aus-
einandersetzungen etwas mitbekam. Ronald war der
Gute, Charmante, Eloquente, und sie die Böse, die halt-
los übertrieb und ihn nach Strich und Faden schlecht zu machen versuchte, obwohl er kein Wässerchen trüben und keiner
Fliege was zuleide tun konnte. Er war der perfekte Blender.
Melanie war ihm ausgeliefert. Keiner würde ihr je glauben, wie
es wirklich war, was tatsächlich vorging.

Keiner, außer Alex. Beim nächsten Treffen mit ihm war Melanie immer noch wütend. »Wenn den Kindern jemals etwas
zustößt, sind diese Polizisten schuld. Solche Polizisten sollte
man bestrafen!«

»Ich verstehe, dass du wütend bist«, antwortete Alex. »Ich
bin es auch. Aber ich kenne solche Situationen als Polizist.
Bei Beziehungsdelikten sind wir außerordentlich gefordert.
Wir wissen nie, was uns erwartet und wie die Lage in Wahrheit ist. Es gibt keine feste Vorgehensweise und auch keinen
Normalfall. Ich bin aber wie du der Meinung, dass diese Polizisten die Situation falsch eingeschätzt haben. Nicht nur sie,
sondern alle Einsatzkräfte müssten mehr sensibilisiert werden, um die Gefahr besser zu erkennen und die Opfer zu
schützen. Ich hoffe, dass die Politik das einsieht und die Ge-
setze so ändert, dass die Polizei mehr Möglichkeiten hat, um
wirkungsvoll durchzugreifen, ohne dass die Täter sich beinahe unkontrolliert den Opfern wieder nähern können. In der
Zwischenzeit werde ich alles tun, um dich und die Kinder zu
beschützen.«

Das war immerhin tröstlich. Melanie hoffte, dass dieser Schutz reichen würde.

Mit Romy ging es bergab. Melanie besuchte sie, wann immer sie konnte. An einem Sonntag holten Alex und Marianne die Zwillinge ab, um mit ihnen in den Zoo zu gehen. Da Ronald nicht zu Hause war, hatte Melanie einen ganzen Tag für sich. Diesen Tag wollte sie ihrer Mutter widmen.

Auf der Fahrt zu Romy spürte sie ihre Angst, die Mutter zu verlieren. Sie waren sich nie wirklich nah gewesen. Sie hätte sich oft eine andere Mutter gewünscht, eine, die für sie da gewesen wäre. Aber jetzt, da sie so krank war, fühlte sie ihre Sehnsucht nach Nähe. Musste man immer zuerst etwas verlieren, um zu merken, wie wertvoll es war?

Sie kam an und trat ein. Schwere ergriff sie. In diesem Haus war sie groß geworden, hatte ihre Kindheit verbracht, so vieles erlebt.

Der Familiengeist war verflogen, nicht mehr spürbar, obwohl alles noch so eingerichtet war wie früher. Das Holzbuffet mit dem guten Geschirr stand nach wie vor erhaben im Wohnzimmer. Auf dem Tisch lag eine gehäkelte Decke. Alles war ordentlich wie immer. Die Standuhr tickte, das Geräusch durchdrang die Stille. Tick tack. Mahnend erinnerte sie daran, dass die Zeit läuft, dass sie rennt. Und dass der Tod unabwendbar war.

»Soll ich einen Kaffee machen?«, fragte Melanie.

»Lieber einen Tee. Nimm den guten, und das schöne Geschirr. Heute gönnen wir uns etwas.«

Das war neu. Die schönen Sachen gab es immer nur für auswärtige Gäste. Für andere, für Fremde.

Romy erkannte die Irritation in Melanies Gesicht. »Ab jetzt gönnen wir uns nur noch das Beste!« Sie lachte. »Stell dir vor, ich sterbe, und der Tee vergammelt und das Geschirr landet auf dem Flohmarkt! Das wäre doch schade, meinst du nicht auch?«

Melanie schluckte. Diese Art Humor war definitiv neu. Aber erfrischend. Er nahm dem Ganzen ein bisschen von der Schwere.

»Hans fehlt mir«, sagte Romy. »Ich merke erst jetzt, wie geborgen und sicher ich mich bei ihm gefühlt habe all die Jahre. Er war immer für uns da, hat sich nie beklagt.« Sie sah auf. »Ich habe ihn so schlecht behandelt! Ich weiß nicht, welcher Teufel mich geritten hat, Melanie. Ich war so ungerecht zu ihm. Habe ihn erniedrigt und respektlos behandelt. Du kannst dir nicht vorstellen, wie leid mir das alles jetzt tut. Besonders das, was ich am Geburtstag zu ihm gesagt habe. Kannst du ihm das bitte ausrichten?«

»Mach ich«, murmelte Melanie betroffen. Doch dann schlug etwas in ihr um. »Weißt du, wie oft ich für dich die heißen Kartoffeln aus dem Feuer holen musste, wenn du wieder mal zu weit gegangen warst? Du wusstest schon immer, auf mich würde er hören. Und du konntest weitermachen wie immer. Aber jetzt werde ich mich nicht mehr einmischen. Wenn du Vater etwas sagen willst, dann sag es ihm selbst. Vielleicht ist das eure letzte Chance, euch auszusprechen.«

Romy starrte auf die Tischplatte. »Nein, das war mir nicht bewusst, dass ich dich immer vorgeschoben habe«, sagte sie tonlos.

»Weißt du noch, in der ersten Klasse bin ich einmal früher nach Hause gekommen. Da warst du noch im Schlafzimmer. Du warst ganz erstaunt, dass ich plötzlich auftauchte und hast mich nach draußen geschickt. Ich habe den Mann in deinem Zimmer gesehen, seine roten Haare. Ich war noch so klein und hatte keine Ahnung, was das bedeutete. Aber ich wusste, es musste etwas Schlimmes sein, so wie du mich mit weit aufgerissenen Augen angeschaut hast. Ich musste draußen spielen und sah später den Rotschopf aus dem Haus kommen. Du hast mir ein Eis gegeben, obwohl wir doch unter der Woche nie Süßes essen durften. Du hast mir erzählt, der Mann hätte Arbeiten im Haus verrichtet. Ich hielt an dieser Lüge fest. Erst viele, viele Jahre später ist mir klar geworden, weshalb Alex rote Haare hat und ich braune – wie Vater.«

Romy sagte nichts. Starrte wortlos auf den Tisch.

»Jetzt betrügt mich Ronald«, sagte Melanie. »Und ich ertrage es. Und leide. Ich weiß überhaupt nicht, wie ich damit umgehen soll. Ich bin total verloren!«

Melanie begann zu schluchzen. Endlich war es raus. Sie hatte diese Kindheitserfahrung verdrängt, aber durch Ronalds Betrug war alles hochgekommen. Sie hatte das erste Mal darüber geredet. Es fühlte sich an, als ob ihr Herz lange im Würgegriff gewesen wäre und sich jetzt zum ersten Mal entspannte.

Romy saß da wie vom Donner gerührt. Sie wischte sich auch eine Träne weg. »Melanie, es tut mir so leid. Ich habe mir nie überlegt, was das für dich bedeutet. Was ich euch antue. Wie konnte ich nur so sein – so unsensibel, so kalt…Ich bin schuld an deiner Misere. Ich habe versagt.« Sie verdeckte ihr Gesicht mit den Händen. Tränen liefen über ihr Gesicht.

Melanie schluchzte. Es war zu viel für sie, ihre Mutter so zu sehen.

Romy stand auf und legte den Arm um Melanie. Das hatte sie noch nie getan. »Schsch…«, sagte sie leise. »Ist ja gut, meine Kleine, ich bin da.«

Melanie fand die Umarmung ungewohnt, aber sie fühlte sich gut an. Allmählich wurde ihr Schluchzen weniger.

»Melanie«, murmelte Romy. »Ich weiß nicht, wie lange ich noch leben werde.« Zum ersten Mal waren ihre Worte nicht weinerlich oder anklagend. »Ich habe zu wenig Zeit, um alles wieder gut zu machen. Aber ich werde tun, was ich noch kann.«

Die beiden Frauen blieben eine gefühlte Ewigkeit umschlungen.

Dann setzte sich Romy wieder hin. »Meine Mutter«, begann sie nach einer Weile, »hat mir immer gesagt, ich sei ein schlechter Mensch und hässlich, sie würde mich ins Kloster schicken, weil ich bestimmt keinen Mann fände. Ich musste den ganzen Haushalt machen, während sie mit Männern ausging und beschwipst nach Hause kam. Hatte sie viel zu viel getrunken, kotzte sie überall hin, und ich machte alles sauber, damit mein Vater sie nicht schlug, wenn er heimkam.«

Melanie spürte die Verlorenheit und die Hilflosigkeit, die ihre Mutter als Kind erleben musste.

»Ich habe nie Wärme empfangen«, erzählte Romy weiter. »Geborgenheit kannte ich nicht. Zu Essen war kaum was da, weil meine Mutter das Haushaltsgeld für Wein und Schnaps ausgab. So bin ich aufgewachsen, und für mich war klar, dass ich ausziehe, sobald ich kann. Als ich deinen Vater kennenlernte, wusste ich: das ist mein Ticket in die Freiheit.«

Romy nahm einen Schluck vom inzwischen kalten Tee. »Ich dachte, vielleicht ist das meine einzige Chance, und die musste ich packen. Ich wusste, wie sehr Hans sich eine eigene Familie wünschte, und deshalb habe ich ihm die Schwangerschaft vorgetäuscht. Hans war bereit, mit mir durchzubrennen, zu arbeiten und mir die Freiheit zu ermöglichen, die ich so lange ersehnt hatte. Endlich war ich frei.«

Romy musste eine Pause einlegen. Das Sprechen kostete sie Kraft. Für langes Reden kriegte sie einfach nicht mehr genug Luft. Der Krebs hatte sich trotz Chemotherapie nicht zurückgebildet.

Romy legte sich aufs Bett. Melanie schob ein Kissen unter ihre Knie und deckte sie mit einer Kuscheldecke zu.

Da hatte sie eine Idee. Etwas ganz Ungewöhnliches, aber das war ja nicht das erste völlig Neue an diesem Tag. »Darf ich mich zu dir legen?«, fragte sie.

Romy lächelte überrascht. »Ja, gerne.«

So lagen sie nebeneinander und genossen es, obwohl die Situation so traurig war. Geborgenheit breitete sich in Melanie aus.

Schließlich schliefen beide ein.

Melanie erwachte als erste wieder. Vorsichtig stand sie auf und betrachtete ihre Mutter.

Romy atmete gleichmäßig und ruhig.

Melanie ging ins Bad und bemerkte, dass hier schon länger nicht mehr gründlich geputzt worden war. Sie holte Putzzeug und machte sich an die Arbeit. Ihr war klar, dass Mutter nicht mehr die Kraft hatte, den Haushalt so zu führen, wie sie es gewohnt war. Und die externen Pflegefachleute hatten nicht die Zeit, alles so zu erledigen, wie Mutter es gerne gehabt hätte. Melanie tat es gerne. Sie konnte etwas für ihre Mutter tun, das fühlte sich gut an.

Sie schrubbte, kümmerte sich um Kalkablagerungen, und es war eine Freude zu sehen, wie alles blitzblank wurde.

Plötzlich hörte sie Schritte hinter sich. »Meine Tochter putzt freiwillig das Bad?« Romy stand in der Tür und lächelte. »Komm her, Melanie.«

Sie umarmte sie. Schon wieder. Melanie war es recht, irgendwie konnte sie nicht genug davon kriegen.

Mutter konnte nun wieder leichter atmen, und sie setzten sich aufs Sofa.

Romy strich sich eine graue Strähne aus der Stirn. »Wo waren wir?«

»Beim Ticket in die Freiheit.« Melanie war gespannt, wie's weiterging.

»Ach ja, genau… Also, Hans und ich zogen in eine kleine Wohnung, nachdem ich ihm meine Schwangerschaft vorgegaukelt hatte. Wenig später sind meine Eltern gestorben, beinahe gleichzeitig.«

»Stimmt, du hast immer gesagt, sie seien aus Liebe zusammen gestorben«, erinnerte sich Melanie.

Romy nickte. »Ich fand die Geschichte romantisch und habe mir immer gewünscht, es wäre so gewesen, und ich würde eines Tages zusammen mit meinem geliebten Mann in einer tiefen Umarmung sanft entschlafen.«

Sie machte eine wegwerfende Handbewegung. »Ich muss dir die Illusion leider nehmen, Melanie, und mir wohl auch.«

Romy atmete schon wieder schwerer. Ihre Gefühle stiegen hoch und erschwerten ihr das Atmen zusätzlich. »Als ich damals zu Hause ausgezogen war, hatte Mutter niemanden mehr, der ihr den Rücken deckte. Wenn Vater nach Hause kam, lag sie oft in ihrem Erbrochenen. Er zwang sie dann, das Ganze aufzuwischen. Sie schaffte das aber nicht, sie konnte ja kaum stehen. Dann wurde er wütend und schlug sie, um sie zum Putzen zu bringen, einmal so lange, dass sie zusammenbrach. Mein Vater dachte, sie sei bewusstlos. Er ließ sie einfach liegen und ging auswärts essen, in einer Kneipe um die Ecke. Und als er zurückkam, war sie tot. Er wusste nicht, was er tun sollte, und rief mich an.«

Melanie hörte angespannt zu und brachte kein Wort heraus.

»Er weinte und jammerte am Telefon und erzählte mir, was passiert war. Ich versuchte, ihn zu beruhigen und sagte, er müsse zur Polizei gehen. ,Die glauben mir niemals und ich muss ins Gefängnis!', schrie er, ,lieber sterbe ich!' Dann legte er auf. Ich hatte solche Angst, er würde sich was antun. Also rief eben ich die Polizei an und fuhr selbst sofort hin. Schon von Weitem sah ich das Blaulicht vor dem Haus, Polizei und Feuerwehr. Was macht denn die hier, fragte ich mich. Und dann sah ich es. Feuer züngelte aus dem Wohnzimmer. Ich durfte nicht durch. Als ich sagte, dass ich die Tochter sei, ließ man mich zum Kommandanten. Er wollte wissen, wie viele Personen drin seien. Ich sagte ihm zwei, meine Mutter und mein Vater. Die Feuerwehrmänner gingen sofort rein, doch sie kamen zu spät. Das Haus brannte bis auf die Grundmauern nieder. Am nächsten Tag fanden die Forensiker zwei verkohlte Leichen, meinen Vater und meine Mutter.«

Romy stand auf und drückte sich die Hand auf die Herzgegend. »Wäre ich doch nur zu Hause geblieben! Ich hätte meine Mutter retten können! Mein ganzes Leben habe ich mir das danach vorgeworfen. Ich bin schuld am Tod meiner Eltern!«

Sie begann zu weinen, schlug die Hände vors Gesicht.

Nun war es an Melanie, die Mutter zu trösten. Sie nahm sie fest in den Arm. »Mama, deine Eltern hatten eine völlig schräge Beziehung, du warst das Opfer, nicht die Täterin. Wärst du zu Hause geblieben, wärst du wohl kaputtgegangen. Ich bin froh, dass du gegangen bist. Und es tut mir leid, dass du deine Eltern auf so eine tragische Art verloren hast. Ich glaube, ich wäre daran zerbrochen. Du bist es aber nicht. Du warst und bist stark…Ich verstehe jetzt auch, warum es für dich immer so wichtig war, stark und unabhängig zu sein.«

Romy schwieg. Ihr Schluchzen wurde leiser, bis es schließlich ganz aufhörte.

Melanie war froh, das alles erfahren zu haben. Es waren zwar schlimme Geschichten, aber ihre Mutter war ihr nähergekommen als je zuvor.

»Mama«, flüsterte sie, »heute spüre ich zum ersten Mal, dass ich eine Mutter habe. Traurig, dass das erst jetzt geschieht, aber lieber spät als nie.«

Romy hob den Kopf und sah sie an. »Melanie, ich liebe dich von ganzem Herzen, und…« Mehr konnte sie nicht sagen, weil die Tränen ihre Stimme erstickten.

Melanie schluckte leer. Da waren sie endlich, diese Worte, die sie ein ganzes Leben lang aus dem Mund ihrer Mutter ersehnt hatte.

Beide waren nun ruhig und verharrten in ihrer Umarmung. Stille erfüllte den Raum. Eine befreiende, versöhnliche Stille.

Am nächsten Tag rief Romy an. »Ich habe mir etwas überlegt«, sagte sie. »Was meinst du, was könnte dir und Ronald helfen? Ich möchte für dich da sein, solange ich noch kann. Auf mich hört er – also sag schon, was kann ich für dich tun?«

Melanie war klar, dass Ronald und sie eine Therapie brauchten, doch er reagierte ja jedes Mal allergisch, wenn sie ihn darauf ansprach. Vielleicht würde er tatsächlich auf Romy hören?

Sie antwortete: »Alex hat mir erzählt, eine Visionssuche in der Natur könnte heilsam sein. Wir würden gemeinsam etwas unternehmen, etwas erleben. Ich wünsche mir so sehr, dass wir wieder zusammenfinden! Aber das funktioniert nur, wenn Ronald es wirklich will, sonst können wir uns das Ganze sparen.«

»In Ordnung«, sagte Romy. »Lass mich mal machen.«

Ein paar Tage später kam Ronald nach Hause und zeigte ihr einen Prospekt. »Als Zeichen meines guten Willens fahre ich mit dir in die Berge zu dieser Visionssuche. Deine Mutter hat es sich gewünscht, und ich möchte ihr diese Freude bereiten.«

Melanie war nicht sicher, ob sie träumte.

Er lächelte sie an. »Wer weiß, vielleicht macht es ja sogar Spaß. Ich habe uns angemeldet, und wir können nächste Woche starten. Es ist der letzte Kurs des Jahres. Ich hoffe, das Wetter bleibt gut.«

Melanie war ganz aus dem Häuschen. Es ging zwar alles überraschend schnell, aber Alex und Marianne nahmen die Kinder für die zwölf Tage.

Sie erhielten eine Liste, was sie mitnehmen mussten: warme Kleider, Regensachen, Wasserflasche, Taschenmesser, Toilettenartikel und vieles mehr.

Trotz aller Euphorie hatte Melanie auch Zweifel. Meinte er es wirklich ernst?

Dann ging es los ins Camp. Auf der Fahrt dorthin waren beide still. Melanie wusste nicht genau, was auf sie zukam und war verunsichert. Würde dieses Seminar sie beide wirklich wieder zusammenschweißen? Nun, schlimmer konnte es nicht werden, aber vielleicht besser?

Sie nahm ihren Mut zusammen und fragte Ronald, warum er seine Meinung geändert hatte. Er meinte, er wolle, dass es ihnen beiden wieder gutging – und wenn es ihr wichtig sei, wolle er seinen Beitrag leisten.

Leere Worte? Oder doch nicht?

Sie kamen am frühen Nachmittag in der Herberge an. Sie war etwas heruntergekommen und hatte die besten Jahre hinter sich. Eher ein Ort für Klassenlager.

Kein Luxus. Dünne Wände. Massenlager.

Ob es warmes Wasser gab? Ja, gab es.

Die Gemeinschaftsduschen waren wenig einladend. Ein klebriger Duschvorhang zwischen den Brausen sicherte ein Mindestmaß an Privatsphäre. Melanie schauderte sich. Sie konnte damit leben, aber sie wusste, dass Ronald innerlich kochte. Luxus hatte für ihn oberste Priorität.

Die ankommenden Teilnehmer wurden gebeten, sich ein Bett auszusuchen und ihr Gepäck in einem Spind zu deponieren. Dieser war recht klein. Melanie ließ die Hälfte ihrer Ware im Koffer. Den Koffer von Ronald packte sie komplett aus und opferte einen Teil ihres Platzes für ihn. Sie wollte die unangenehme Situation nicht zusätzlich strapazieren.

Ihre Betten, oder vielmehr ihre Matratzen, waren dünn und schmal.

Ronald schaute grimmig.

Melanie hoffte, dass er nicht sofort abbrechen würde.

Als sie sich eingerichtet hatten, gingen sie nach draußen.

Joe, der Kursleiter, hatte auf einer großen Lichtung vor der Herberge ein Feuer entfacht. Darum herum standen Bänke aus gespaltenen Baumstämmen.

Ronald begrüßte alle anderen Teilnehmer herzlich und merkte sich die Namen. Das konnte er gut. Damit fiel er auf und hinterließ einen sympathischen Eindruck. Menschen hörten ihren eigenen Namen gerne.

Melanie hatte da schon mehr Mühe. Sie beobachtete die Situation aus der Ferne und ließ sich erst allmählich auf neue Menschen ein. Sie fühlte sich unsicher. Irgendwie hatte sie verlernt, auf Menschen zuzugehen, obwohl sie das immer geliebt hatte. Ihr fehlten die Gelegenheiten, ihr Sozialleben hatte sich arg dezimiert.

Dann setzten sich alle auf die Bänke. Obwohl es Herbst war, war es angenehm warm. Melanie setzte sich zu Ronald, und Joe nahm mit seiner Assistentin und seinem Assistenten Platz. Insgesamt waren es etwa zwanzig Teilnehmer.

Es war schon seltsam, mit so vielen fremden Menschen dazusitzen. Waren das alles Paare? Was war ihre Geschichte? Weshalb waren sie da? Melanie war ziemlich beunruhigt.

Irgendwann meinte Joe, dass sie jetzt vollzählig seien, und eröffnete die Vorstellungsrunde.

Als erstes ließ er eine Kiste herumgehen. Alle mussten ihre Handys und Uhren abgeben. Die Teilnehmer erledigten das ohne Murren. Anscheinend stand diese Regel auf der Vereinbarung, die sie unterschrieben hatten. Melanie hatte diese vor lauter Aufregung nicht durchgelesen und gab beides verärgert ab.

Joe erzählte von sich. »Ich bin schon lange als Seminarleiter tätig. Meine Arbeit ist meine Leidenschaft, und ich wünsche mir für dieses Seminar, dass ich den einen oder anderen damit berühren und ein Stück auf dem Weg begleiten darf. Ich bin ein Schamane und werde mein Wissen und meine Erfahrung an euch weitergeben.«

Melanie beugte sich zu Ronald. »Verstehst du, wovon er spricht?«, flüsterte sie.

»Ja, du nicht? Hast du dich nicht informiert?«

Melanie kam sich dumm vor. Nein, hatte sie nicht. Was wirklich passieren würde, wusste sie nicht. Ein Schamane war doch einer, der mit Tieren redete oder so. Das konnte ja gut werden! Immerhin schien er ein liebenswürdiger Mann zu sein. Das war beruhigend.

Als Joe fertig war, stellte sich jeder einzelne vor. Melanie schweifte ab. Sie langweilte sich und unterdrückte ein Gähnen. Sie hatte eine anstrengende Zeit hinter sich. Außerdem war sie hungrig. Das war keine gute Kombination.

Die Vorstellungsrunde zog sich in die Länge. Toni erzählte, dass er schon einmal da gewesen war und die Erfahrung, ganz allein im Wald zu sein, unbedingt nochmals erleben wollte. Alleine im Wald? Sie war davon ausgegangen, dass sie immer in der Gruppe bleiben würden! Nie im Leben!

Sie schaute Ronald von der Seite an. Er hörte interessiert zu und beachtete sie nicht. Sie hätte sich wirklich besser informieren sollen. Wirre Gedanken kreisten in ihrem Kopf. Was ist mit wilden Tieren? Oder wenn eine Spinne sie biss und keiner wäre da, um ihr zu helfen? Sie war doch nicht gekommen, um zu sterben!

Susanne war an der Reihe. Eine hübsche Frau in Melanies Alter. Melanie schielte zu Ronald. Sie wusste, dass Susanne ihm gefiel. Sie war genau sein Typ. Dann erzählte sie auch noch, wie sehr sie sich eine schöne Partnerschaft wünschte. Melanie musste aufpassen, nicht dass Ronald sogar hier fremd gehen würde.

Melanies Laune war auf dem Tiefpunkt. Sie erinnerte sich an ihre Single-Zeit. Sie hatte damals ein angenehmes Leben geführt und war niemandem Rechenschaft schuldig gewesen. Sie erinnerte sich auch, wie groß ihre Sehnsucht nach einer Partnerschaft und wie glücklich sie gewesen war, Ronald zu begegnen. Allein zu bleiben, war für sie keine Option gewesen. Sie wäre vereinsamt und unglücklich geworden. Das Beste war, dass sie durch die Beziehung mit Ronald Mutter geworden war. Und jetzt erst merkte sie, wie sehr sie ihre

Kinder vermisste. Sie liebte sie so sehr und bedauerte, dass sie ihnen nicht gerecht werden konnte, weil sie immer so angespannt und nervös war. Oft war sie schroff zu ihnen, auch wenn sie nur eine Umarmung gebraucht hätten. Ich bin distanziert wie meine Mutter es war, erkannte sie schockiert. Die Kälte war keine Abweisung, sondern eine Überforderung. Melanie war mit ihrem Leben überfordert, und das verunmöglichte ihr, eine liebevolle Mutter zu sein. Sie wurde traurig, schaute zu Boden und unterdrückte ihre Tränen. Sie hatte nie wie ihre Mutter sein wollen. Und nun war sie ihr Ebenbild geworden.

Sie hörte wieder zu, was Susanne erzählte. Auf der Suche nach einer richtigen Partnerschaft hatte sie alles Mögliche ausprobiert. Doch keiner hatte eine Chance, ihr näher zu kommen. Ihr Herz war verschlossen, und daran scheiterte jede Partnerschaft. Anfangs lief es jeweils rund, doch spätestens nach drei Monaten wurde es schwierig, also beendete sie die Liaison. Das war schmerzhaft. Irgendwann hatte sie resigniert. Sie war hierhergekommen, um sich wieder für eine Partnerschaft zu öffnen.

In diesem Augenblick war Melanie dankbar, dass sie all die Strapazen mit Ronald auf sich genommen hatte. Sie wäre bestimmt wie diese Susanne geworden. Einsam, allein. Wahrscheinlich sogar verbittert. Man zahlt für alles einen Preis. Susanne zahlte den ihren, und Melanie einen anderen. Ihre eigene Version gefiel Melanie tausend Mal besser, obwohl es mit Ronald manchmal hart war. Aber Susanne tat ihr leid. Sie schien eine nette Frau zu sein.

So ging es weiter. Die meisten erzählten von Ängsten, die sie überwinden wollten, von beruflicher Neuorientierung, und einige auch von ihren Partnerschaften. In der Zwischenzeit hatten alle Hunger bekommen. Über das Feuer hatte das Team einen großen Topf gehängt. Darin blubberte eine Gerstensuppe. Sie roch wunderbar, und alle fragten sich, wann sie diese endlich zu essen kriegen würden.

Da machte Joe eine Pause. Endlich. Das Zuhören war ermüdend und anstrengend. Jeder erhielt eine Schale und schöpfte eine große Kelle.

»Esst bewusst und mit Genuss«, sagte Joe. »Es ist eure letzte Mahlzeit für die nächsten Tage. Wir werden fasten, um den Körper zu reinigen, um loszulassen, was nicht mehr zu uns gehört. Am Anfang wird es hart sein, aber nach drei Tagen geht es euch besser. Dieses Fasten macht euch lebendig und wach. Das werdet ihr in der Natur erkennen. Ihr werdet Dinge sehen und erleben, die ihr sonst nicht wahrnehmt. Also genießt die Suppe langsam und in Stille.«

Melanie konnte sich nicht vorstellen, mehrere Tage ohne Essen zu sein. Sie hatte ihr Leben lang jede Art von Diät gemieden. Essen war einfach etwas Schönes. Früher hatten sie gemeinsam am Tisch gegessen, sich Geschichten erzählt und gelacht. Da hatte sie sich immer geborgen gefühlt. Dass sie oft keinen Bissen runtergebracht hatte, weil die Anspannung zwischen ihren Eltern groß war, hatte sie verdrängt.

Sie aß die Suppe. Die Gerste war samtig weich, die Bohnen und das würzige Fleisch wohlriechend. Die Stille tat Melanie gut. Sie hing noch dem Gehörten nach. Wunderliche Geschichten! Wie es Ronald wohl ging? Gerne hätte sie ihn gefragt, aber Sprechen war ja verboten. Er saß still neben ihr und löffelte die Suppe. Er schien entspannt zu sein. Melanie war beruhigt.

Dann ging es weiter. Ein Teilnehmer erzählte von seiner Übermutter, die ihn nie loslassen wollte, obwohl er schon dreißig war.

Melanie dachte an ihre Mutter. Wie es ihr wohl ging? Sie erinnerte sich, dass Romy Alex gerne für alles Mögliche eingespannt hatte, und wenn er nicht tat, was sie wollte, weinte sie bitterlich. »Ich habe dich unter Schmerzen geboren«, sagte sie dann jeweils, »und das ist jetzt der Dank dafür!« Oder: »Ich tue alles für dich, und wenn ich etwas brauche, ist dir schon das Kleinste zu viel!« Sie hatte ihn damit immer wieder rumgekriegt.

Nachts hatte Melanie sich jeweils gerne zu Alex unter die Decke gelegt, und dann klagte er ihr sein Leid. Mutters Verhalten nervte ihn, und er sagte oft, dass er seine Koffer packen und in einen Zug steigen würde, um weit, weit weg zu fahren. Er war damals sieben Jahre alt, Melanie vier. Sie erschrak immer sehr und hatte Angst, er würde sie allein zurücklassen. Bleib, flehte sie ihn dann unter Tränen an, und erst, wenn er versprach, er würde immer für sie da sein, beruhigte sie sich wieder. Er hatte das Versprechen bis heute gehalten. Melanie war dankbar, ihren Bruder zu haben.

Es war schon kurios, dass fast jede Geschichte etwas mit ihr, mit ihrem Leben zu tun hatte! Andererseits: War das vielleicht ein bisschen so wie mit einem Horoskop – man konnte alles so hinbiegen, bis es passte?

Dann kam Melanie selbst an die Reihe. Ronald hörte ihr zu, und sie gab sich Mühe, nur das zu sagen, was er gerne hören würde. Bloß keine Eskalation! Dadurch war sie noch mehr verunsichert als ohnehin schon – ihr war gleichzeitig heiß und kalt. Sie hasste es, sich so präsentieren zu müssen. Doch es ging nicht anders. Da musste sie durch.

Sie nannte ihren Namen und sagte, wie überfordert sie sei als Mutter und Ehefrau. Sie habe ein gutes Leben, und trotzdem sei sie unzufrieden. Sie war ratlos und wusste nicht, wie es weitergehen sollte.

»Ich möchte herausfinden, wer ich bin und wie ich mich entspannen kann, wenn ich überfordert bin. Ich möchte wieder die alte Melanie werden, fröhlich, selbstsicher und charmant. Ich hoffe, dass ich hier die Unterstützung kriege, um meine Probleme zu lösen. Ich möchte einfach wieder glücklich sein. Als Partnerin und als Mutter.« Sie holte Luft. »Ich merke aber auch, dass mir diese Visionssuche Angst macht, und ich habe große Widerstände. Am liebsten möchte ich abhauen. Andererseits würde ich es mir nie verzeihen, weil ich glaube, dass es vielleicht unsere letzte Chance ist, für Ronald und für mich.«

Ups, soweit hatte sie eigentlich nicht gehen wollen. Hatte sie damit Ronald bloßgestellt?

Sie äugte zu ihm hinüber. Er schien entspannt. Puh, Glück gehabt.

Joe fragte in die Runde: »Wer überlegt sich auch, abzubrechen?« Da streckten tatsächlich etwa zehn Leute die Hand hoch.

»Melanie«, sagte Joe, »Du bist mit deinen Widerständen und Zweifeln nicht allein. Die gehören zum Prozess und zeigen, dass du vor einer großen Veränderung stehst. Sei mutig und geh deinen Weg trotz deiner Befürchtungen. Du wirst über dich hinauswachsen und am Schluss über dich staunen.«

Diese Worte taten Melanie gut. Sie war mit ihren Ängsten nicht allein.

Ronald war an der Reihe, und Melanie wartete gespannt darauf, was er erzählen würde.

»Mir sind Menschen wichtig«, begann er. »Deshalb habe ich einen Beruf gewählt, in dem ich andere Menschen in schwierigen und wegweisenden Situationen begleiten kann. Dabei war mir Geld nie wichtig. Der Erfolg kam ganz von selbst, weil ich mit viel Begeisterung das tat, wozu ich berufen war. Trotzdem hat mir immer etwas gefehlt. Könnt ihr euch vorstellen, wie es ist, wenn man immer das Gefühl hat, nicht komplett zu sein?«

Er schaute in die Runde. »Ich wusste nicht, was das war, bis ich Melanie begegnete. Sie war für mich Liebe auf den ersten

Blick, und wir waren unendlich verliebt. Ich wusste sofort, dass wir für immer zusammengehören. Wir teilen dieselben Interessen, lieben das Reisen, essen gerne gut, genießen zusammen ein schönes Glas Wein, arbeiten als Team. Ich habe sie von Anfang an auf Händen getragen. Wir haben geheiratet, und als Krönung kamen unsere Zwillinge, die ich abgöttisch liebe. Sie sind ein Ebenbild von uns. Hübsch, intelligent, charismatisch.«

Er machte eine Pause. Atmete tief durch. »Trotz all dem Glück sind düstere Wolken aufgezogen. Melanie zog sich mehr und mehr zurück, ihre Fröhlichkeit verflog. Sie war oft innerlich abwesend, und ich litt darunter. Ich wusste nicht, was mit ihr passiert war. Ihre Stimmungsschwankungen belasten mich sehr, und ja, ich gebe es zu, ich war dann auch manchmal gereizt deswegen. Ich konnte einfach nicht verstehen, wohin all das Schöne und Gute verschwunden war. In meiner Not ging ich sogar soweit, dass ich entgegen meiner Natur Melanie betrogen habe. Es bedeutete mir nichts. Ich war schwach und würde alles tun, um es ungeschehen zu machen.«

Er bekam wässrige Augen und schaute Melanie an. »Melanie, ich habe es dir nie gesagt, aber es tut mir leid!«

Melanie war vollkommen überrascht. Damit hatte sie nicht gerechnet.

Sie stand auf und umarmte Ronald innig.

Als sie sich wieder setzte, sah sie, wie auch andere Teilnehmer Tränen abwischten. Es war ein berührender Moment für alle.

Ronald räusperte sich. »Jedenfalls, ich bin hier, weil ich herausfinden will, wie ich Melanie unterstützen kann. Und ich hoffe, einen Weg zu finden, damit wir wieder glücklich werden.«

Er schaute Melanie berührt an. »Gib nicht auf, Melanie. Wir werden es schaffen! Halte es aus, halte durch. Du bist stark. Ich glaube an dich!«

Melanie schluckte leer. Sie sah zu Boden und musste aufpassen, dass sie nicht anfing zu heulen vor lauter Freude.

Danach stellten sich die restlichen Teilnehmer vor. Melanie hörte nicht mehr zu. Ronalds liebe Worte wirkten in ihr, berührten sie. Es tat so gut. Es war wie Balsam für ihre Seele.

Ja, sie hatten es in der Hand und konnten es schaffen, das glaubte sie jetzt wirklich. Sie gab ihren misstrauischen Gedanken keinen Raum mehr. Sie wollte so sehr glauben, was er gesagt hatte, dass sie jeden Anflug von Zweifel unterdrückte.

Sie tauchte erst wieder aus ihren Gedanken auf, als Joe die Runde schloss. »Ich danke allen für die Offenheit und Ehrlichkeit. Wir sind gemeinsam da, damit wir voneinander lernen und uns gegenseitig unterstützen können. Profitiert voneinander.«

Er stand auf. »Es ist spät geworden und Zeit zu schlafen. Wer möchte, kann beim Feuer schlafen. Bettzeug findet ihr in der Hütte. Ich wünsche euch eine gute Nacht.«

Melanie ging zu Ronald und umarmte ihn. »Danke für deine lieben Worte! Wollen wir unsere Matratzen nebeneinanderlegen?«

Sie schaute ihn mit sehnsüchtigem Blick an – sie wünschte sich seine Nähe in diesem Moment so sehr.

»Weißt du«, sagte er, »ich bin noch gar nicht müde. Ich setze mich ans Feuer. Vielleicht schlafe ich da ein. Warte nicht auf mich.«

Melanie war etwas enttäuscht, ließ es sich jedoch nicht anmerken.

Sie entschied sich, in der Herberge zu schlafen. Sie wollte schließlich nicht von Ameisen gefressen werden.

In ihrer Nähe lag Anja. Sie war Teil des Leitungsteams und Melanie von Anfang an sympathisch gewesen. »Wie geht es dir?«

»Hin und her gerissen,« antwortete Melanie. »Ich bin verwirrt. Ich wollte unbedingt hierherkommen. Aber jetzt wünschte ich, ich wäre weit weg. Ich habe Angst, alles zu verlieren. Zu scheitern. Definitiv. Zu erkennen, dass ich wirklich nichts kann. Nichts bin. Und im nächsten Moment bin ich wieder zuversichtlich. So kenne ich mich gar nicht, ich kann es nicht zuordnen.«

Anja hörte aufmerksam zu. »Sei nicht so streng zu dir«, sagte sie dann. »Ich glaube, du wirst hier Antworten auf deine Fragen finden. Vielleicht andere als du denkst, aber es wird dich weiterbringen.« Anja wirkte sehr geerdet und liebevoll. Es tat Melanie gut, ihre Worte zu hören.

Melanie bekam die ganze Nacht kein Auge zu. Ronald schlief beim Feuer, mit seinen neuen Kumpels. Melanie war enttäuscht. Sie wollten sich doch einander annähern, und er hatte so schöne Dinge gesagt, und nun das. Sie drehte sich von einer Seite auf die andere.

Da fragte Anja: »Melanie, bist du wach?«

»Ja, ich kann nicht einschlafen.«

»Komm«, flüsterte Anja. »Lass uns ans Feuer gehen. Wenn ich nicht schlafen kann und in die Flammen schaue, beruhige ich mich und werde müde.«

Melanie war unsicher. »Ich möchte aber nicht, dass Ronald meint, ich kontrolliere ihn. Er hasst das.«

»Wir gehen gemeinsam. Da wird er gar nicht auf so eine Idee kommen.«

Sie nahmen beide eine Decke mit und machten es sich am Feuer mit etwas Abstand zu den anderen bequem.

Sie schauten in die Flammen, und es war tatsächlich beruhigend.

Die anderen redeten, sie schienen interessante Gespräche zu führen.

Melanie hörte ein leises Weinen. Jemand tröstete die weinende Frau.

Da hörte sie Ronald Stimme. »Susanne, du bist eine wunderbare Frau. Jeder Mann kann sich glücklich schätzen, der dich kriegt. Du bist so stark, so unabhängig, und du siehst unglaublich toll aus. Wenn ich Melanie nicht hätte, würde ich dich vom Fleck weg heiraten! Also lass dich nicht unterkriegen von diesen Weichlingen – du wirst deinen Mann von Welt finden. Da bin ich mir sicher.«

Melanie verschlug es die Sprache. Hatte sie richtig gehört? Bisher hatte sie geglaubt, sie wäre die einzige gewesen, der er diese Worte je gesagt hatte. Und dass sie von Herzen gekommen waren. Jetzt verstand sie überhaupt nichts mehr. War das einfach eine Masche von ihm gewesen? Und sie war voll darauf reingefallen?

Ihr wurde schlecht. Mit zusammengepressten Lippen beobachtete sie die kleine Gruppe weiter.

Ronald ging zu Susanne und umarmte sie. Sie drückte sich innig an ihn.

Melanie konnte nicht alles sehen, das Flackern des Feuers ließ nur vage erahnen, was vor sich ging. Jetzt sah es aus, als ob sie sich küssten.

Konnte das sein?

Ronald küsste eine andere Frau, kurz nachdem er ihr eine der schönsten Liebeserklärungen gemacht hatte?

Die anderen waren still geworden. Das war auffällig.

Anja legte einen Arm um Melanie. Erst da spürte sie, wie sehr sie am ganzen Körper zitterte.

Sie standen auf, Anja stützte Melanie, und sie gingen unbemerkt zurück zur Herberge.

Am nächsten Tag wurden alle früh geweckt. Es fühlte sich an wie fünf Uhr. Nachsehen konnte sie nicht, Handy und Uhr waren ja weg.

Übelgelaunt stand Melanie auf. Der Schock von letzter Nacht saß immer noch tief.

Sie mussten sich alle warm anziehen, so dass sie rund eine Stunde im Freien sitzen konnten.

Melanie wollte weg. Warum sollte sie bleiben nach dem, was letzte Nacht vorgefallen war?

Aber alle hatten sich bereits einen Platz ausgesucht und saßen still. Ihr blieb nichts anderes übrig, als sich auch eine Stelle zu suchen. Ganz allein.

So saß sie auf einem kühlen Stein, eingehüllt in warme Kleider.

Sie hörte Vögel zwitschern, und das nervte sie.

Sie sah ein Kaninchen vorbeihuschen, und das nervte sie noch mehr. Du hast es gut, keine Sorgen, kein Alltag, nur essen und schlafen. Ein Kaninchen müsste man sein.

Nach einer unendlich langen Stunde holte Joe alle zurück, und sie trafen sich wieder im Kreis.

Sie tranken Wasser. Im Gefängnis kriegt man immerhin trockenes Brot, dachte Melanie verärgert.

Joe fragte nun einen nach dem anderen: »Bleibst du, oder gehst du?«

Und einer nach dem anderen antwortete, ich bleibe. Auch diejenigen, die am Vortag noch unsicher gewesen waren.

Dann kam Melanie an die Reihe. Das war ihre Chance. Sie wollte das Camp verlassen. Sie öffnete den Mund und sagte: »Ich bleibe!«

Ihr Mund hatte einfach etwas anderes gesagt als ihr Kopf. Melanie erschrak und war entsetzt. Doch jetzt gab es kein Zurück mehr.

Nach ihr war Ronald an der Reihe. Er sagte begeistert: »Ja!«

Melanie ließ sich widerwillig auf das Camp ein. Ganze zwölf Tage! Jetzt waren es wenigstens nur noch elf. Das ist lange, aber ich werde es überleben. Ich habe nichts zu verlieren.

Die nächsten Tage vergingen wie im Flug. Jeden Morgen standen sie früh auf, und jeder setzte sich eine Stunde hin.

Sie lernten, Feuer zu machen, ein Schlaflager einzurichten, Wasser zu entkeimen, einen Wetterschutz zu bauen, sich zu orientieren.

Ein bisschen wie bei den Pfadfindern. Der Unterschied bestand darin, dass sie nichts aßen und nur Wasser tranken. Deshalb hatte Melanie schlechte Laune. Ihr gingen einfach alle auf den Keks. Die ganze Welt. Aber sie machte brav mit, so wie sie es immer tat.

Auf ein Streitgespräch mit Ronald hatte sie keine Lust. Sie behielt ihren Ärger der ersten Nacht für sich.

Am dritten Tag wurden Frauen und Männer getrennt. Die Männer verschwanden im Wald. Zurück blieben die Teilnehmerinnen mit der Leiterin Anja.

Melanie war schockiert. Sie hatte doch die Tage mit Ronald verbringen wollen, um an ihrer Beziehung zu arbeiten! Jetzt wurde einfach so über ihre Köpfe hinweg bestimmt, dass sie sich trennen sollten – so eine Schweinerei!

Melanie schimpfte laut. Ein paar Frauen waren ihrer Meinung und sahen nicht ein, wozu das gut sein sollte. Aber es gab tatsächlich auch Frauen, die das gut fanden.

Dafür hatte Melanie überhaupt kein Verständnis.

Anja ging nicht auf die Meuterei ein und übernahm die Führung. »Es ist ein warmer, sonniger Tag, lasst uns runter zum Bach gehen. Da lüften wir unsere Köpfe und schauen, was wir anstellen können.«

Melanie ging Anja zuliebe mit.

Sie setzten sich ans Ufer und badeten ihre Füße im kühlen Wasser.

Der Bach war nicht breit, man konnte mit zwei Sätzen hinüber hüpfen.

Anja stand auf. »Wer gerade sauer oder wütend ist, darf mich anspritzen.«

Es dauerte keine drei Sekunden, und Anja war klitschnass. Doch sie ließ das nicht auf sich sitzen und spritzte zurück.

So ging es hin und her, bis alle völlig durchnässt waren.

Melanie war mitten drin, machte voll mit, und alle lachten ausgelassen und fröhlich.

Es war eine Gaudi. Das tat gut.

Schließlich zogen die Frauen ihre nassen Sachen aus. Es war ja keiner in der Nähe. Sie legten die Kleider zum Trocknen hin.

Einige waren vollkommen nackt, andere leicht bekleidet. Melanie behielt ihre Unterwäsche an. Sie zeigte sich nicht gerne nackt. Doch die nassen Sachen klebten unangenehm auf ihrer Haut, und so zog sie sich eben auch komplett aus.

Sie war erst verlegen, aber mit der Zeit entspannte sie sich.

Anja fragte in die Runde: »Wer von euch liebt seinen Körper, so wie er ist?«

Zwei Frauen hielten die Hand hoch. Ausgerechnet nicht die mit den perfekten Figuren, staunte Melanie.

Alle anderen behielten die Hand unten, auch die mit den Model-Körpern.

Anja sagte: »Unsere Mütter stärken unser weibliches Selbstbewusstsein. Wenn eine Mutter selbst keines besitzt, wird sie ihre Töchter mit derselben Härte kritisieren wie sich selbst. So werden die Unsicherheiten und der Glaube, nicht genügend schön zu sein, über Generationen weitergegeben.«

Melanie hörte aufmerksam zu. So hatte sie das noch gar nie gesehen. Wie war das Selbstbewusstsein ihrer Mutter? Hatte sie ihren Wert nicht all die Jahre bloß an Besitz und Status gemessen? Deshalb war ihr doch die Anerkennung der anderen so wichtig! Sie versuchte ihren Hunger nach Lob und Bestätigung zwanghaft bei anderen zu stillen. Vieles hatte sie allein aus diesem Grund getan. Es war wie eine Sucht. Wenn sie die Bestätigung nicht erhielt, verhielt sie sich wie ein wildes Tier, fauchte, biss, stach zu.

Mutter tat Melanie leid, besonders weil sie jetzt ihre wahre Geschichte kannte. Sie hatte in ihrem Leben nicht viel Liebe und Anerkennung bekommen.

Und wie stand es denn eigentlich mit ihrer eigenen Selbstsicherheit? Sie war doch immer so stolz auf sich gewesen? Oder war dieser Stolz nichts anderes als eine schützende Ritterrüstung, die ihre Unsicherheit und Verletzbarkeit verbergen sollte?

Anja fuhr fort: »Ich möchte, dass jede Frau – eine nach der anderen – aufsteht und die anderen sagen ihr offen und ehrlich, was sie an ihr Schönes entdecken.«

Den Frauen stockte der Atem. Nackt zu sein, war das eine – sich mit allem zu zeigen, war etwas ganz anderes.

Luana war mutig. Sie stand als erste auf.

Melanie betrachtete die Dellen an den Oberschenkeln und die kleinen Brüste. Etwas wirklich Schönes konnte sie eigentlich nicht entdecken.

»Mir gefallen deine vollen Lippen«, sagte jemand.

Ach so, ja, die Lippen, die hatte sie noch gar nicht beachtet. Die waren wirklich schön geschwungen.

Eine Frau sagte: »Mir gefallen deine Brüste, so keck und wohlgeformt.«

Hmm, naja… klein vor allem. Aber es stimmte, sie waren wirklich ganz schön geformt.

So ging es weiter. Melanies Fokus auf das, was nicht perfekt war, wurde zusehends schwächer. Sie orientierte sich mehr und mehr am Schönen, am Lieblichen. Ihr Blick wurde weicher.

Mit jeder Frau, die aufstand, klappte es besser.

Und dann nahm Melanie ihren Mut zusammen und stand ebenfalls auf.

Sie spürte all die Blicke auf ihrem Körper.

Sie fühlte sich unwohl.

Ausgestellt.

Wie ein Stück Vieh bei einer Tierschau.

»Du hast einen schönen Hüftschwung«, sagte Anja.

Ausgerechnet die Hüfte, die mochte Melanie am wenigsten!

Aber sie begann sich mit dem neuen, wohlwollenden Auge zu sehen. So schlimm war ihre Hüfte ja gar nicht. Im Gegenteil. Ihr fiel ein, dass sie schon einige Male genau für diesen Schwung gelobt und beneidet worden war. Ihre Taille wurde auch angesprochen, ihre Brüste, ihr verschmitztes Lächeln, ihre leuchtenden Augen, ihre schönen Hände.

Melanie sog die Komplimente wie eine Hungernde auf.

Es war so schön, all das zu hören.

Jede Frau kam dran. Jede genoss es. Jede wurde durch die wohlwollenden Worte verwöhnt.

Und als es vorbei war, umarmten sich alle und kuschelten sich aneinander.

Sie alle hatten in ihrem Leben Verletzungen erfahren und konnten sich nun gegenseitig helfen und unterstützen, ihren Körper zu akzeptieren, so wie er ist.

Danach blieben alle nackt in der Sonne liegen, ließen sich von den gehörten Worten und den warmen Strahlen streicheln.

Für Melanie war es, als ob sie vor lauter Fülle gleich platzen würde.

Nun war sie glücklich, dass die Männer nicht dabei waren. So etwas wäre sonst in der Form nicht möglich gewesen.

Anja sagte, es gebe Verletzungen, die am besten durch Frauen geheilt werden könnten.

Melanie nahm sich vor, nach ihrer Rückkehr sofort wieder Kontakt mit ihren Freundinnen aufzunehmen.

Sie erkannte, wie wichtig ihr diese Freundschaften waren, wie sehr sie sie vermisste.

Die Männer kamen aus dem Wald zurück. Melanie sah Ronald schon von weitem. Er war groß wie ein Bär. Ihr Herz hüpfte. Alle bösen Gedanken verschwanden, sie verliebte sich gerade neu in ihn.

Eine Stimme in ihr sagte: »Vergiss nicht, was er dir alles angetan hat. Wer weiß, vielleicht geht er jetzt zu Susanne und gar nicht zu dir.« Doch sie ignorierte diese Stimme. Sie hatte keine Lust auf düstere Gedanken.

Trotzdem schaute sie Susanne von der Seite an. Diese ließ sich nichts anmerken und schien sich nicht für Ronald zu interessieren. Pokerface?

Melanie empfing Ronald mit einer herzhaften Umarmung. Er roch nach Schweiß und Erde. Für Melanie war das der beste Duft der Welt.

Sie küsste ihn leidenschaftlich. Er erwiderte ihre Küsse. Die Welt war gerade sehr in Ordnung.

Die Komplimente der Frauen hatten eine erotisierende Wirkung auf Melanie gehabt.

Sie war hungrig nach Ronald.

Die beiden zogen sich von der Gruppe zurück. Melanie prüfte unauffällig, ob Susanne ihnen nachschaute. Das tat sie wirklich! Schau nur, du dumme Kuh – Ronald ist mein Mann, er gehört mir!

Im Wald fielen sie wie Tiere übereinander her, wild und gierig.

Diese Nacht verbrachte Ronald mit Melanie in der Herberge. Sie richtete, so gut es ging, eine kuschelige Ecke mit etwas Privatsphäre ein, und genoss die gemeinsame Nacht.

Die Vorbereitungstage waren vorüber, Melanie hatte viel gelernt. Das Smartphone hatte sie anfangs noch vermisst. Aber es wurde immer leichter, darauf zu verzichten. Auch das Fasten war ihr unerwartet leichtgefallen. Die ersten zwei Tage plagte sie hie und da der Hunger, aber am dritten Tag bemerkte sie erst am Abend, dass sie nicht ans Essen gedacht hatte. Sie fühlte sich leicht und war stolz auf sich.

Jetzt war es soweit.

Jeder erhielt Gegenstände, die man mitnehmen durfte. Ein Essgeschirr, eine Flasche, ein Feuerzeug, ein Taschenmesser, eine Blache und einen Schlafsack.

Sie durften warme Kleidung und Regensachen mitnehmen, aber nur so viel, wie sie am Körper tragen konnten.

Alle erhielten eine persönliche Landkarte. Darin war ein Bereich eingezeichnet, in dem man sich frei bewegen durfte. So hatte jeder ein eigenes Revier. Ziel war es, dass jeder für sich allein überlebte.

Wenn jemand freiwillig abbrechen wollte, konnte er das jederzeit tun und zurück ins Camp gehen.

Sie versammelten sich ein letztes Mal im Kreis. Melanie stand neben Ronald. Jeder Teilnehmer legte den Arm auf die Schultern des nächsten.

Es war still. Sie sammelten ihre Kräfte, und ohne Worte wünschten sie sich eine gute Erfahrung.

Melanie umarmte Ronald ein letztes Mal.

Und dann ging jeder in seine Richtung davon.

Melanie musste eine Stunde marschieren, bis sie in ihrem Revier ankam.

Es gab einen unteren Bereich am Bach. Hier würde sie genügend Wasser haben.

Im oberen Bereich gab es kein Wasser, aber dort war eine große Lichtung, die etwas erhöht lag. Wahrscheinlich konnte man über das Tal schauen. Da hätte sie sich einen warmen Schlafplatz einrichten können.

Sie wusste nicht wohin. Bach oder Lichtung?

Verdammt. Warum fiel es ihr so schwer, sich zu entscheiden?

Sie setzte sich hin. Wenn sie nicht wusste, wohin sie gehen sollte, würde sie einfach nirgendwo hingehen.

So vergingen mehrere Stunden.

Es war heiß, die Sonne brannte gnadenlos herab.

Melanie erinnerte sich, dass ihre Mutter früh das Zepter übernommen hatte. Natürlich bestimmte sie über Melanie als Baby, aber das tat sie auch später, als sie zur Schule ging und sogar noch in der Pubertät. Sie wollte immer wissen, wo sie gewesen war und mit wem. Sie gab ihren ungebetenen Kommentar ab, und Melanie hörte blind auf sie. Mutter wird wohl wissen, was das Beste ist, dachte sie stets.

Hin und wieder versuchte sie, dem strengen Regiment zu entkommen. Aber dann war Mutter tagelang beleidigt, ignorierte sie, weinte und jammerte, dass Melanie undankbar sei oder dumm.

Melanie hatte schon früh resigniert, und obwohl sie auszog, ihre eigene Wohnung hatte und beruflich erfolgreich war, tauchte die Stimme der Mutter in ihr weiterhin auf, als ob sie da fest verankert wäre.

Was würde Mutter tun? Was würde sie sagen?

Unbewusst stellte sie sich diese Fragen immer wieder. Die Meinung ihrer Mutter hatte oberste Priorität.

Deshalb war Melanie so froh gewesen, dass Romy Ronald mochte. Hatte sie vielleicht sogar einen Mann ausgesucht, den ihre Mutter für sie gewählt hätte?

Erst nach Romys Ja konnte sie sich ganz auf ihn einlassen. Dies wurde ihr jetzt bewusst.

Sie hatte nie gelernt, selbst zu entscheiden. Und jetzt war sie damit überfordert. Was sollte sie jetzt tun? Das Lager hier am Bach aufschlagen oder oben bei der Lichtung?

Sie war ratlos, hilflos, ohnmächtig.

Sie schwitzte in der Gluthitze.

Und sie hatte Durst.

Durst?

Plötzlich war alles ganz klar.

Durst – Bach!

Sie ging schnurstracks zum Bach.

Zuerst kümmerte sie sich um ihr Trinkwasser. Entkeimen, Flasche füllen. Ha! Die Sorgen waren verflogen.

Als der Durst gelöscht war, erforschte sie ihr Revier und kam auch oben bei der Lichtung an.

Wunderschön war es da.

Sie schaute in die Weite. Herrlich.

Sie hatte immer gedacht, entscheiden bedeute, für etwas

und gegen etwas anderes zu sein. Ein Fehlentscheid könne fatal sein, weil falsch.

An diesem Tag erkannte sie, dass es nicht um »entweder – oder« ging, sondern um »sowohl als auch«. Ein Entscheid bestimmt nur die Reihenfolge, nicht den Ausschluss. Wow, wie weise. Das wollte sie sich für die Zukunft merken.

Sie lachte und war zufrieden mit dieser einfachen und doch so wichtigen Erkenntnis.

Sie installierte ihren Schlafplatz auf der Lichtung. Da war der Boden schön flach. Es waren genügend Äste vorhanden, und so baute sie sich ihr Bett unter einem großen, alten Baum.

Sie fühlte sich wohl. Geborgen. Wenn es regnen würde, und danach sah es aus, wäre sie hier einigermaßen geschützt.

Sie entfachte ein Feuer und wärmte etwas Wasser auf.

Das heiße Wasser fühlte sich wie eine Suppe an. Sie hatte sich unterdessen ans Fasten gewöhnt, aber etwas Warmes im Magen war angenehmer als etwas Kaltes.

Später legte sie sich hin und hörte den Vögeln zu. Sie sangen jetzt gerade besonders schön.

Es war ein guter Tag gewesen. Sie würde künftig leichter entscheiden können.

Sie wusste, dass sie in diesen Tagen noch viel lernen konnte.

Was Ronald gerade machte?

Mit diesen Gedanken schlief Melanie schon während der Dämmerung ein.

Als es ganz dunkel war, erwachte sie. Der Wind wurde immer stärker, ein Sturm zog auf.

Sie nahm ihre Sachen zusammen und kauerte sich dicht unter den großen Baum.

Es begann, stark zu regnen, dicke Tropfen fielen auf die trockene Erde.

Alles wurde klitschnass.

Melanie fror.

Plötzlich wurde sie unruhig. Sie konnte nicht mehr sitzen bleiben und lief vom Baum weg.

In diesem Moment zuckte ein Blitz durch die schwarze Nacht und traf den Baum, unter dem sie gerade noch gesessen hatte.

Mit tosendem Lärm krachte der Baum auseinander.

Melanie stand wie erstarrt da. Hätte sie ihren Unterschlupf nicht verlassen, hätte der Blitz sie getroffen! Sie hätte tot sein können. Welch großes Glück. Ihr war nichts zugestoßen. Ihr Instinkt hatte sie gerettet. Adrenalin schoss durch ihre Adern.

All ihre Kleider waren durchnässt. Es war kalt. Aber sie spürte es nicht. Sie war hellwach. An Schlaf war nicht zu denken.

Endlich brach der Tag an. Sie ging zurück zur Lichtung und holte ihre Habseligkeiten. Sie sah, wie der Baum exakt an der Stelle lag, wo sie gesessen hatte. Es kam Melanie surreal vor. Würde sie den Baum nicht hier liegen sehen, sie würde nicht glauben, was sie erlebt hatte. Ihre Zeit zu sterben war noch nicht gekommen. Warum wohl? Viele Fragen schwirrten durch ihren Kopf.

Sie entschied, dass sie ihr Lager nun am Bach aufstellen würde. Dort wollte sie schlafen, baden, ihr Wasser aufbereiten. Zur Lichtung ging sie, um den Ausblick zu genießen. Sie wollte hier meditieren, so wie sie es gelernt hatte. Mit dem Blick nach vorne. Aber nicht an diesem Tag. Sie schaffte es nicht, ruhig zu sitzen.

Im Lauf des Tages zogen die Wolken ab und die Sonne schien. Melanie breitete ihre nassen Kleider zum Trocknen aus und legte sich nackt ins Gras. Die wärmenden Strahlen streichelten ihren Körper. Das tat gut. Als sie so entspannt dalag, legte sich auch endlich der Schock, der sie bis dahin fest im Griff gehabt hatte. Der Tag hatte etwas Versöhnliches.

Sie richtete sich wiederum eine Schlafstelle ein. Sie wollte bequem, trocken und warm liegen und sich sicher fühlen. Sie baute sich achtsam ihr eigenes Wohlfühlbett. Und diesmal nahm sie sich Zeit.

Unten am Bach war es trocken geblieben. Durch die dichten Tannen war nicht viel Wasser auf den Boden getropft, und das bisschen Feuchtigkeit war durch die lockere Erde in die tieferen Schichten gedrungen.

Melanie schnitt mit dem Taschenmesser Äste auf eine gleichmäßige Länge und legte sie hin. Das Ganze deckte sie mit einer dichten Laubschicht zu. Darauf legte sie kleine, weiche Äste. Und dann die Blache und den Schlafsack.

Es sah hübsch aus. Und bequem. Über dem Bett baute sie ein Zelt, wiederum aus Ästen. Auch das deckte sie mit Laub und dann wieder mit Tannenästen ab, so dass es einigermaßen dicht war.

Als die Nacht hereinbrach, überkam sie schwere Müdigkeit. Sie fiel in einen tiefen, traumlosen Schlaf und erwachte erst wieder am nächsten Tag, als es hell war und die Vögel zwitscherten. Langsam öffnete sie die Augen. Das Feuer war ausgegangen.

Sie startete den neuen Tag mit einer Meditation auf der Lichtung.

Danach war ihr langweilig. Sie wusste nicht, was sie tun sollte. Eine Unruhe stieg in ihr hoch. Sie hatte keine Aufgabe, keiner sagte ihr, was sie tun soll.

Eigentlich wollte sie die Partnerschaft mit Ronald klären. Aber der war nicht da. Wie es ihm wohl ging?

Viele Situationen aus der Vergangenheit tauchten auf. Aus der frühen Kindheit, aus der Pubertät, aus der Partnerschaft mit Ronald. Gleichzeitig zeigten sich Gefühle, die sie ihr Leben lang unterdrückt hatte, um alles unter Kontrolle zu behalten.

Chaos brach in ihr aus.

Sie musste sich bewegen. Sonst wäre sie geplatzt. Also ging sie zurück in den Wald und begann, herumliegende Äste zu sammeln und zu stapeln. Die Äste wurden immer größer und schwerer. Diese körperliche Aktivität tat ihr gut. Es war, als ob sie die Wut, den Ärger, die Ohnmacht und die anderen Gefühle, die sie verdrängt hatte, auf einmal rausließ.

Ein Tor öffnete sich, und es brach aus ihr heraus – sie fluchte laut, schimpfte, und irgendwann schrie sie. Es war ihr vollkommen egal, ob es jemand hören konnte.

Sie schluchzte. Weinte. Jammerte. Und irgendwann war sie
erschöpft.

Sie legte sich hin, um sich auszuruhen, und merkte, wie sich
ein Wohlgefühl in ihr breit machte. Als ob neuer Platz in ihrem
Herzen freigeworden war.

So hatte sie sich kürzlich bei Mutter gefühlt. Sich den unterdrückten Gefühlen zu stellen, schien eine gute Wirkung zu
haben.

Melanie schaute sich ihr Werk an. Die Äste waren säuberlich
aufeinandergestapelt, daneben herrschte die liebevolle Un-
ordnung des Waldes. Ein skurriles Bild.

Sie lachte. Sinnlose Arbeit? Es hatte ihr gutgetan.

Sie spürte, wie stark sie war, wenn sie sich körperlich be-
tätigte. Das war ein neues Körpergefühl.

Sie nahm ein Bad. Das kühle Wasser fühlte sich auf ihrer
erhitzten Haut noch besser an als sonst. Und danach legte sie
sich wieder an die Sonne und gönnte sich eine Siesta.

Den Rest des Tages genoss sie die Natur. Sie hörte den Vögeln zu, beobachtete Tiere, sogar Insekten und Würmer, die
sich überall Wege bahnten, Dinge schleppten oder gegenein-
ander kämpften. Es war spannend.

Die Zeit verflog im Nu.

Später legte sie sich hin. Aber da sie am Nachmittag lange
geschlafen hatte, war sie nicht müde.

Sie blieb trotzdem liegen und hielt die Augen offen. Mit Er-
staunen stellte sie fest, dass das Fasten, kein Smartphone, kein
Computer, das Einlassen auf die Natur, ihre Augen so geschärft

hatten, dass sie auch in der Dunkelheit gut sehen konnte. Sie sah Eichhörnchen, die in ihren Bau zurück huschten.

Eulen, die Mäuse jagten – sie flogen lautlos durch die Nacht.

Sie entdeckte ein Reh mit zwei Kitzen. Dieses Bild berührte sie am meisten. Es erinnerte sie an ihre Kinder. Wehmut überkam sie. Am liebsten würde sie mit ihnen kuscheln. Das würde sie auf jeden Fall nachholen, wenn sie wieder zu Hause war.

Überall raschelte es.

Melanie hatte die Angst vor wilden Tieren abgelegt. Sie fühlte sich traurig und doch wohl und genoss diese nächtliche Erfahrung.

Zufrieden schlief sie schließlich ein.

Am nächsten Tag erwachte sie und bemerkte, dass tiefe Trauer sie umklammerte. Sie wusste nicht genau, warum, und ging hinauf zur Lichtung.

Als sie von dort oben in die Ferne sah, tauchten erneut Bilder von ihren Kindern auf. War sie eine gute Mutter? Gab sie ihren Kindern, was sie brauchten? Melanie erkannte: Nein. Sie hatte nie wirklich für ihre Kinder gesorgt. Sie hatte ihre ganze Aufmerksamkeit Ronald geschenkt, er war ihr Mittelpunkt gewesen. Sein Wohlbefinden und seine Bedürfnisse hatten für sie oberste Priorität gehabt. Warum nur? Melanie verstand es nicht. Sie wusste nur, dass ihre Kinder deshalb zu kurz gekommen waren. Und sie selbst natürlich auch. Das war eine bittere Erkenntnis. Es tat ihr weh.

Melanie weinte verzweifelt und schluchzte. Ronald war ihr keine Hilfe gewesen. Er hatte sie nicht unterstützt und sie allein gelassen, als sie ihn dringend gebraucht hätte. Er machte sie fertig und zog sie runter, wo er nur konnte. Sie musste sich allein um alles kümmern, sogar um die Finanzen.

Das Schlimmste war, dass sie alles dafür getan hatte, um ihm zu gefallen. Er war für sie wie ein zusätzliches Kind, das ungeteilte Aufmerksamkeit brauchte. Immer und überall. Aber er war nicht ihr Kind. Er war ihr Mann.

Und was gab er ihr? Sie stutzte. Ja, was gab er ihr eigentlich? Diese Frage hallte in ihrem Schädel nach, ging ihr nicht mehr aus dem Kopf.

Melanie schaute in die Ferne, als ob sie dort eine Antwort erhalten würde. War sie bereit für die Wahrheit?

Ja, das war sie.

Und plötzlich fiel es ihr wie Schuppen von den Augen.

Ronald würde sich nie ändern.

Auch wenn er sagte, er wolle sich ändern – Taten folgten nie.

Er hatte sie betrogen und belogen. Er würde es wieder tun.

Wenn sie aus dieser zerstörerischen Spirale ausbrechen wollte, musste sie Ronald verlassen.

Sie hatte viel zu verlieren. Ihre Träume von einer intakten Familie müsste sie begraben. Sich eingestehen, dass sie es nicht geschafft hatte. Dass sie versagt hatte. Es war bitter. Aber lieber ein Ende mit Schrecken als ein Schrecken ohne Ende.

Sie wusste, sie würde viel Kraft brauchen, um ihn zu verlassen. Hatte sie diese? Ja! Ein neu gewonnenes Selbstvertrauen drang durch sie. Eine Klarheit. Sie fühlte sich lebendig.

Sie wollte ihr Leben in die Hand nehmen, ihrem Herzen folgen, um glücklich zu werden.

Noch nie war sie sich so sicher gewesen.

Sie stand auf und schrie es hinaus: »Ja, ich werde Ronald verlassen!«

Das war befreiend. Sie fühlte sich großartig. Lebendig wie nie zuvor.

Den Rest des Tages überlegte sie sich, wie sie die Trennung anpacken sollte. Ihr war bewusst, dass sie sich gut vorbereiten musste. Ronald konnte vernichtend sein, wenn er sich angegriffen fühlte. Also würde sie sich vorerst nichts anmerken lassen und erst gehen, wenn sie es sicher durchziehen konnte.

Vor allem musste sie gut planen, wie sie die Kinder vor Ronald schützen konnte. Sie wusste, dass es schwierig würde, ihm etwas vorzugaukeln. Aber sie musste. Alles andere wäre zu gefährlich.

Ronald war unberechenbar.

Die letzte Nacht war gekommen. Melanie schlief glücklich ein und freute sich auf den Rückweg ins Camp – und vor allem freute sie sich auf die Kinder, auf Alex und auf ihre Eltern.

Sie nahm Abschied von ihrer Einsiedelei. Sie hatte die vier Tage überlebt. Sie hatte es geschafft.

Sie packte ihre Sachen und marschierte los. Eine Stunde, und sie wäre da.

Achtsam ging sie den Weg zurück, um nichts von der neugewonnenen Kraft zu verlieren.

Sie sah das Camp von weitem.

Ihr Herz hüpfte vor Freude.

Sie kam nicht als erste an, aber auch nicht als letzte. Ronald war schon da. Er sah gut aus.

Er kam auf sie zu, umarmte sie. Sie ließ es geschehen, obwohl sie ihn am liebsten weggestoßen hätte. Auch sie konnte schauspielern, obwohl es ihr schwerfiel. Ihr blieb nichts anderes übrig.

Die Teilnehmer wurden angehalten, ohne Worte am Feuer Platz zu nehmen. Ihr war das recht. Sie hätte gar nicht gewusst, was sie Ronald hätte sagen sollen.

Einer nach dem anderen kam zurück, bis sie wieder vollzählig waren.

Joe hieß alle willkommen und sagte, Ronald hätte der Gruppe etwas mitzuteilen.

Melanies Herz pochte wild. Was war denn jetzt los? Sie hatte Angst.

Ronald stand auf. »Wie einige von euch sehen konnten, war ich schon da, als ihr zurückkamt. Dafür gibt es einen Grund. Am ersten Abend, als es so stark geregnet hat, war ich komplett unterkühlt, und jeder Atemzug schmerzte mich. Ich hatte Panik, weil eine traurige Geschichte aus meiner Kindheit mich einholte.«

Er machte eine Pause. Alle hingen gespannt an seinen Lippen.

»Ich war etwa sechs Jahre alt. Da hatte meine Mutter Tuberkulose. Sie war immer karitativ tätig gewesen und hatte sich in einem Flüchtlingsheim angesteckt. Bescheiden, wie sie war, verzichtete sie auf einen Arztbesuch, obwohl sie starke Schmerzen hatte. Eines Tages – ich sollte zur Schule gehen – weckte sie mich nicht auf. Ich erwachte, als es bereits hell war, und ging in ihr Schlafzimmer. Da lag sie. Sie bewegte sich nicht mehr. Ich berührte sie – sie war ganz kalt. Ich verstand nicht, was los war und legte mich zu ihr ins Bett, wollte sie aufwärmen. Das gelang mir nicht, also schmiegte ich mich noch enger an sie, hielt sie fest und dachte, wenn ich ganz lange dableibe, kommt alles gut. Ich lag drei Tage und Nächte da und weinte still vor mich hin. Ich wünschte mir so sehr, dass sie wieder aufwacht und warm wird, aber das tat sie nicht. Am dritten Tag hörte ich ein Poltern. Die verschlossene Haustür wurde eingetreten, die Polizei kam herein. Weil ich in der Schule gefehlt hatte und meine Mutter bei Terminen nicht aufgetaucht war, ging man davon aus, dass etwas passiert war. So fanden sie mich kleinen Jungen bei meiner toten Mutter. Schnell war klar, woran sie gestorben war, und auch ich wurde untersucht. Ich hatte die Krankheit ebenfalls und wurde unter Quarantäne gestellt. Allein in einem klinischen, hermetisch abgeriegelten Raum. Leute sprachen durch Mikrofone zu mir, aber keiner war da, um mich zu trösten. Ich war traumatisiert. Mir tat die Lunge weh, ich war schlapp, hatte Schweißausbrüche. Mit der Zeit wurde es besser, die Schmerzen wurden schwächer, und ich konnte leichter atmen. Mir wurde gesagt, dass ich für den Rest des Lebens eine geschwächte Lunge haben würde und immer gut aufpassen sollte. So traurig verlor ich meine Mutter. Und das alles kam am ersten Abend in der Wildnis hier wieder hoch. Ich wollte kein gesundheitliches Risiko eingehen, deshalb habe ich abgebrochen. Ich fühle mich euch gegenüber schlecht, als ob ich euch verraten hätte. Es tut mir leid.«

Ronald liefen Tränen übers Gesicht. Er setzte sich und saß dann wie ein Häufchen Elend auf dem Baumstamm.

Viele Teilnehmer weinten. Auch Melanie. Sie hatte all das nicht gewusst. Es war schrecklich! Sie hatte solches Mitleid mit ihm.

Sie stand auf, ging zu ihm und umarmte ihn.

Er hielt sie fest.

Alle waren berührt.

Ein paar andere umarmten Ronald ebenfalls.

Joe übernahm wieder die Führung. »Ihr dürft jetzt wieder miteinander reden, müsst aber nicht. Morgen früh erwartet euch eine Überraschung. Damit beende ich für heute den offiziellen Teil. Wir sehen uns morgen nach der Meditation beim Feuer.«

Mit diesen Worten zog sich Joe zurück.

Melanie blieb bei Ronald. »Willst du darüber reden?«

»Jetzt nicht«, antwortete er knapp, »lieber auf dem Heimweg.«

Melanie war etwas irritiert. »Ich vermisse die Kinder«, sagte sie. »Wie geht es ihnen wohl?«

»Die Kinder?« Er schaute sie überrascht an. »Ach, an die habe ich gar nicht gedacht!«

»Soll ich dich allein lassen?«, fragte sie.

»Ja, das wäre nett. Danke.« Ronald war irgendwie ganz woanders.

Melanie ging zu Bett und genoss den »Luxus« der Herberge. Sie schlief sofort ein.

Am nächsten Tag versammelten sich alle nach der Morgenmeditation um das Feuer.

Die Assistenten verteilten Äpfel.

Alle waren aufgeregt. Sie durften die Frucht noch nicht essen.

Melanie roch daran. Ein wunderbares Aroma stieg in ihre Nase. Blumig, fruchtig, irgendwie sogar zitronig. Ein schöner, roter Apfel. Das Wasser lief ihr im Mund zusammen.

»Schaut euch gegenseitig an«, sagte Joe.

Alle hatten leuchtende Augen und einen Ausdruck höchsten Glücks in ihrem Gesicht.

Es war witzig, welche Wirkung ein simpler Apfel nach einer Fastenzeit haben konnte.

Sie lachten alle.

Und dann durften sie die Frucht essen.

Melanie biss herzhaft hinein. Der Saft rann an der glatten Oberfläche herunter. Sie kaute ganz langsam und genoss das Fastenbrechen. Wie herrlich.

Es dauerte lange, bis der letzte Bissen aufgegessen war. Danach erklärte Joe, dass die kommenden Tage für die Integration der Erfahrungen gedacht seien. Jeder solle selbst ent-

scheiden, ob und mit wem er über das Geschehene reden
möchte. Außerdem sei die Fastenzeit definitiv vorbei.

Melanie fragte Ronald, wie sie die restliche Zeit verbringen
sollten. Vielleicht wollte er nun doch über seine Wahn-
sinns-Story reden. Melanie platzte fast vor Neugier. Sie hatte
so viele Fragen. Aber er winkte ab. Er schlug vor, dass sie die
Außenkontakte nutzen sollten. Irgendwie kam ihr das gelegen.
Sich zu verstellen, lag ihr nicht. Sie musste sich daran gewöh-
nen. Die Distanz half vorerst.

Sie sprach viel mit anderen, zu zweit, in kleinen Gruppen und
auch im großen Kreis. Melanie genoss vor allem die Nähe zu
Frauen. Sie fühlte sich mit ihnen wohl, die Solidarität tat ihr gut.

Am Nachmittag saßen sie zu fünft am Bach: Melanie, Anja,
Susanne, Diana und deren beste Freundin Lisa. Diana war hier,
weil sie über ihren Exfreund hinwegkommen wollte. Sie hatte
sich auf den ersten Blick unsterblich in ihn verliebt. Seine Erscheinung war göttlich gewesen, sein Charme unwiderstehlich. Er hatte sie umworben, und sie waren nach kurzer Zeit
zusammengezogen. Alles war traumhaft. Doch plötzlich hatte
er aus dem Nichts Wutanfälle. Diana dachte lange Zeit, dass
es an ihr liege. Melanie fühlte mit ihr.

Als Diana zu Ende erzählt hatte, fragte Melanie in die Runde:
»Was sind denn das für Männer? Ich selbst habe es genau so
erlebt.«

»Wenn ich Diana richtig verstehe, handelt es sich bei ihrem Exfreund um einen Narzissten«, sagte Anja. Alle klebten an ihren Lippen. »Narzissten haben ein Bild von sich – dieses äußere Bild entspricht nicht der Realität, sondern vielmehr einer idealen Vorstellung, einer Illusion. Zu diesem Idealbild gehören Erfolg, Reichtum, Macht, Dominanz. Die Narzissten tun alles dafür, um diesem Bild zu entsprechen. Doch mit ihrer eigenen Persönlichkeit oder mit ihren wahren Bedürfnissen und Sehnsüchten hat diese Illusion überhaupt nichts zu tun. Sie sind von ihrem eigenen Herzen abgespalten, eiskalt. Deshalb können sie sehr brutal werden. Sie verteidigen dieses Bild kompromisslos. Stellt es jemand in Frage, wird diese Person mit allen Mitteln fertiggemacht und aus dem Umkreis hinausgemobbt. Der Narzisst duldet keine Widerrede und umgibt sich nur mit Jasagern. Jede Kritik wird als persönlicher Angriff gewertet. Er braucht Anerkennung, Ruhm, Aufmerksamkeit. Statussymbole sind ihm wichtig. Dazu ist er überaus empfindlich und nimmt alles persönlich. Wenn jemand böse schaut, ist er sicher, dass es etwas mit ihm zu tun hat, und er reagiert entsprechend.«

Alle merkten, dass Anja auf diesem Gebiet äußerst kompetent war.

Lisa fragte: »Ich dachte, alle Menschen sind irgendwie Narzissten. Dann ist das falsch?«

»Viele Menschen leben einen narzisstischen Stil«, erklärte Anja, »das macht sie aber nicht gleich zu Narzissten. Damit jemand als solcher definiert werden kann, müssen folgende vier Bedingungen erfüllt sein.«

Sie hob einen Finger nach dem anderen. »Er ist ein Egoist und schaut nur für sich. Er ist ein Egozentriker und der Mittelpunkt der Welt. Er ist nicht empathisch, und falls doch, nutzt er diese Wahrnehmung ausschließlich zu seinem Vorteil. Er strebt nach Dominanz und Kontrolle.«

Nun schloss sie die Hand wieder. »Nur wenn alle vier Voraussetzungen erfüllt sind, handelt es sich um einen Narzissten. Ist eine nicht erfüllt, kann es sich trotzdem um einen herausfordernden Menschen handeln.«

»Warum weißt du das alles so genau?«, fragte Lisa.

»Ich bin einen steinigen Weg gegangen, habe meine Erfahrungen gesammelt und so all das gelernt. Es war mir immer klar, dass ich dieses Wissen mit anderen Frauen teilen möchte, damit sie schneller aus diesem Teufelskreis ausbrechen können.«

Betretene Stille. Sie war eine von ihnen.

Anja trank aus ihrer Wasserflasche.

»Gibt es einen Unterschied zwischen männlichen und weiblichen Narzissten?«, wollte Lisa wissen.

Anja nickte. »Männliche und weibliche Narzissten haben gleichermaßen eine außerordentlich charismatische Ausstrahlung. Sie nehmen einen Raum ein, sind gut sicht- und hörbar. Jeder will mit ihnen befreundet sein. Sie genießen das Bad in der Menge und die entsprechende Aufmerksamkeit. Aber: Der männliche Narzisst lebt eher die offenkundige Macht. Er ist erfolgreich, oft in hohen Kaderpositionen oder in der Regierung in Spitzenpositionen anzutreffen. Dort erhält er die Aufmerksamkeit und den Applaus, den er braucht. Ganz anders die Narzisstin. Sie ist subtil und manipuliert über Emotionen. Eine narzisstische Mutter wird ihre Kinder immer wieder daran erinnern, dass sie diese unter größtem Schmerz geboren und viele Opfer gebracht hat. Dafür erwartet sie ewige Dankbarkeit und Anerkennung. Sie will die Nummer eins bleiben, auch wenn die Kinder Partner haben. Insbesondere mit den Schwiegertöchtern versteht sie sich nicht, falls sie ihr den Rang abspenstig machen wollen. Diese Gefahr versucht die Narzisstin mit allen Mitteln abzuwenden. Durch Nörgeln zermürbt sie die Betroffenen. Egal ob Mann oder Frau, ein Narzisst ist im Herzen leer, unerfüllt, hungrig. Deshalb wird er die Strategien ständig weiter ausbauen in der Hoffnung, geliebt zu werden. Da er aber nicht mit dem Herzen verbunden ist, ist er nicht nur für andere, sondern auch für sich selbst unerreichbar und unberührbar. Wenn die Verzweiflung groß genug ist, wenn der totale Gesichtsverlust droht, gibt es für Narzissten nicht selten einen letzten Ausweg: den Suizid. Dieser geschieht für nahestehende Personen meist überraschend, aus heiterem Himmel und ohne Vorzeichen. Sein Gesichtsverlust ist für andere nicht nachvollziehbar. Andere würden die bittere Pille schlucken, etwas unternehmen, wieder aufstehen. Das ist für den Narzissten keine Option.«

Es war still geworden. Melanie war aufgewühlt. Noch nie hatte jemand Ronald treffender beschrieben. Die Zusammenhänge zu verstehen, war für sie hilfreich und bestärkte sie im Entscheid, ihn zu verlassen, obwohl seine Geschichte, die er bei der Rückkehr erzählt hatte, sie doch mehr berührte, als ihr lieb war.

Auch die anderen mussten das Gehörte erst mal sich setzen lassen.

Sie entschieden sich für eine kurze Pause.

Die einen gingen in die Küche, und schon bald roch es nach Olivenöl und frischen Gewürzen.

Melanie hatte zwar keinen Hunger, aber sie holte sich trotzdem einen Teller.

Erst beim Essen kam der Appetit. Die Teigwaren al Pesto schmeckten vorzüglich.

»Können wir morgen weiter reden?«, fragte Melanie die anderen, »ich bin müde und würde gern schlafen gehen.«

Die anderen waren einverstanden und zogen sich ebenfalls zurück.

Melanies Gedanken kreisten. Unruhig drehte sie sich von einer Seite auf die andere.

Sie fiel in einen leichten Schlaf und träumte von ihrer Mutter, ihren ehemaligen Erpressungsversuchen, um das zu kriegen, was sie wollte. Vater, der Romy ohnmächtig ausgeliefert war. Sie träumte, wie sie Ronald das erste Mal gesehen hatte, mit dem Burger in der Hand, wie er herzhaft hineingebissen hatte und sie ihm sofort verfallen war. Und sie träumte von ihren Kindern, wie sie beide im Arm hielt und an ihnen schnupperte.

Am nächsten Tag fand sich die Frauengruppe wieder.

Sie machten es sich auf einer schönen Wiese bequem. Die Sonne schien herbstlich, nicht mehr so heiß wie an den Vortagen, sondern angenehm warm.

Melanie erzählte, dass sie viel geträumt hatte. Den anderen war es ähnlich ergangen. Alle hatten viele Fragen.

Diana eröffnete: »Warum war ich von diesem Mann so abhängig, so süchtig nach ihm, konnte nicht sein ohne ihn, obwohl er mich so schlecht behandelt hat? Was war meine Rolle in dieser Geschichte? Warum kann ich nicht einfach mit einem netten Mann zusammen sein, der mich schätzt und respektiert?«

Die anderen – auch Melanie – nickten. »Partner oder Partnerinnen von Narzissten sind sogenannte Co-Narzissten«, erklärte Anja. »Co-Narzissten fühlen sich wohl in ihrer Opferrolle, obwohl sie das jederzeit abstreiten würden. Die Rolle ist in ihrer Komfortzone angesiedelt. Damit kennen sie sich aus, damit können sie umgehen. Sie befriedigen und nähren das Bild des Narzissten. Deshalb suchen sie sich auch zwanghaft einen Narzissten als Partner. Sie sind süchtig nach diesem Gegenüber. Das ist die perfekte, fatale Verbindung. Er verzaubert sie mit seiner Ausstrahlung, mit seinem Erfolg, mit seinem Charme. Sein Auftritt ist für sie unwiderstehlich. Sie hält ihm den Rücken frei, ergänzt ihn perfekt. Manche Präsidentengattin hat uns das vorgelebt. Die liebenswürdige, stets adrett gekleidete First Lady, bewundert von anderen Co-Narzissten. Ein teuflisches Vorbild. Die Co-Narzisstin unterstützt nicht nur die Illusionen des Narzissten, sondern auch ihre eigenen. Und davon hat sie viele: Sie meint, sie müsse die perfekte Partnerin, Mutter, Freundin sein. Alles, was sie macht, ist formvollendet. Sei es die Unterwerfung oder die Rebellion. Sie will dafür geliebt werden und wird es trotzdem nicht. Sie erwartet Respekt. Doch auch der bleibt ihr verwehrt. Sie lebt mit dem Defizit, mit

der Entsagung. Sie überfordert sich permanent, bis sie nicht
mehr kann und zusammenbricht. Wenn sie trotz allem versagt,
wird sie fallen gelassen wie eine heiße Kartoffel. Undank ist
ihr Lohn. Sie weiß es und nimmt es hin, ausgeliefert und ohnmächtig. Tief in ihrem Inneren ist sie sogar stolz, dass sie so
viel Leid ertragen kann. Sie nährt sich von Ablehnung, Erniedri-
gung und weiterem niederträchtigen Verhalten ihr gegenüber. Falls sie keinen Partner hat, macht sie sich selbst fertig,
verurteilt sich für alles Mögliche, schämt sich für ihr Denken,
für ihr Tun, sogar für ihre Gefühle. Und das tut sie mit viel Ehrgeiz und Disziplin. Das Ganze gilt natürlich auch für männliche Co-Narzissten, die existieren genauso.«

Anja machte eine Pause. Betretene Stille trat ein. Diese Informationen waren wie ein Schlag in die Magengrube. So hatten es die Frauen noch nie gesehen. Sich in der Opferrolle wohl
fühlen? Das war absurd.

Susanne stand auf. »Das muss ich erst mal verkraften. Außerdem ist es frisch geworden. Ich hole uns Tee.«

»Ich helfe dir.« Melanie folgte ihr. Sie wollte etwas mit Susanne klären.

Sie gingen nebeneinander her.

»Du, Susanne«, fragte sie die hübsche Frau. »Warum hast du
Ronald geküsst?«

»Das habe ich nicht!«, antwortete Susanne überrascht.

»Aber ich habe euch doch gesehen, am ersten Abend beim
Feuer!« Melanie sagte es mit ruhiger Stimme, nicht anklagend,
sie wollte es bloß verstehen.

»Ich war an dem Abend verletzlich«, murmelte Susanne. »Beim Feuer versuchten mich ein paar andere zu trösten. Das hat mir gutgetan. Und dann wollte Ronald mich umarmen und küssen, er hat sich über mich gebeugt. Damit hatte ich überhaupt nicht gerechnet. Ich erschrak und bin erstarrt. Aber dann hat alles in mir rebelliert. Also wehrte ich mich und wies ihn ab.«

»Ach, so war das.« Melanie hatte ein schlechtes Gewissen wegen der Unterstellung. Ronald hatte einen lustigen Abend gehabt, und sie hatte gedacht, Susanne hätte sich auf ihn eingelassen. Das erklärte auch, warum er am nächsten Abend im Wald über sie hergefallen war – er hatte das Bedürfnis nach Sex gehabt, egal mit wem.

Melanie legte Susanne die Hand auf die Schulter. »Susanne, es tut mir leid, dass ich schlecht von dir gedacht habe.«

»Kein Problem. Ich wollte nicht von einem offensichtlich untreuen Mann geküsst werden, nachdem er am Feuer seiner Frau die Liebe gestanden hatte. Ich fand das ziemlich übel. Danke, dass du den Mut hattest, mich darauf anzusprechen. Ich kann mir vorstellen, dass das für dich nicht einfach war und bin froh, dass wir es geklärt haben.«

Melanie war erleichtert. In der Küche kochten sie den Tee, nahmen ein paar Tassen mit und gingen zurück zu ihrer Gruppe.

Dort schenkten sie das warme Getränk ein. Die anderen hatten in der Zwischenzeit Decken geholt, und alle setzten sich nun wieder zusammen.

Der Schock hatte sich gelegt. Die Fragerunde ging weiter.

Diana meinte: »Mein Ex ist Geschichte. Ich möchte mich aber endlich in einen Mann verlieben, der anders tickt, mit dem ich dauerhaft glücklich sein kann.«

»Wer will das nicht«, sagte Anja lachend. »Ich kann dir leider keine Pauschalantwort geben. Für das Verhalten des Menschen gibt es eine Vielfalt an Erklärungen. Im Fall von Narzissmus und Co-Narzissmus ist sich die Wissenschaft nicht einig, ob es einen genetischen Ursprung gibt oder ob das Verhalten und die frühkindliche Prägung jemanden zu einem Narzissten oder Co-Narzissten machen. Meistens werden in der Kindheit die Eckpfeiler gesetzt. Darf ich dich fragen, wie deine Elternsituation war?«

Diana überlegte. Dann sagte sie: »Mein Vater war ständig unterwegs, und ich habe von ihm nicht viel mitgekriegt. Aber meine Mutter war für mich da. Mit ihr hatte ich auch viel Nähe. Sie hat sich um die Erziehung gekümmert. Auch heute noch haben wir eine liebevolle Verbindung.«

Melanie hörte gespannt zu, was Anja daraus ableiten würde.

»Ich versuche dir eine mögliche Erklärung für dich persönlich zu geben«, sagte Anja. »Es scheint, dass du von deiner Mutter viel Liebe erhalten hast. Das ist auch die Kernkompetenz der Mutter, ihr Herz ist offen, die Liebe fließt. Das wäre der optimale Fall. Vom Vater möchte man auch geliebt werden, aber es gibt etwas, was noch wichtiger ist. Man möchte, dass der Vater stolz ist, dass er einen respektiert. Wenn der Vater jedoch abwesend ist, kann sich dieser Anteil des Selbstbewusstseins nicht entwickeln. Du wirst ständig nach Anerkennung lechzen und viel dafür tun, dass du diese kriegst. Du entwickelst in dem Bereich einen kranken Ehrgeiz, der dazu führt, dass du dich aufgibst. Diese Bestätigung suchst du bei den Männern, die dir genau diese Bestätigung nie geben. Damit erzwingst du immer wieder die unerfüllte Vaterbeziehung. Der Vater konnte dir nicht geben, was du gebraucht hast, und die anderen Männer können das auch nicht. Wenn du an einen Mann geraten würdest, der dir die Bestätigung gibt, der dir sagen würde, dass du super bist, so wie du bist, wie würdest du reagieren?«

Alle Augen waren auf Diana gerichtet. Sie brauchte nicht lange zu überlegen: »Ich würde es nicht glauben. Ich wäre misstrauisch und würde mich gar nicht auf ihn einlassen.«

»Genau, und deshalb hast du all die Jahre die Narzissten angezogen. Wenn du etwas ändern möchtest, rate ich dir: Befasse dich mit dem, was du von deinem Vater nicht gekriegt hast. Geh dem auf den Grund. Vielleicht macht es auch Sinn, wenn du dir Hilfe holst, um dieses Thema zu durchleuchten. Wenn du fähig bist, dir das zu geben, was du brauchst, bist du nicht mehr von einem Mann abhängig. Du wirst sehen, dass dein Männerbild sich verändern wird und du dich in andere Männer verliebst.«

Melanie hörte gebannt zu und sog all das Wissen auf wie ein Schwamm.

Dann sagte sie: »Anja, bei mir war es anders. Mein Vater war für mich und meinen Bruder immer da, hat uns Wärme gegeben und Liebe. Meine Mutter war rational. Ich verstehe nicht, warum gerade ich Ronald so verfallen war.«

Anja schaute sie an. »Kann es sein, dass deine Mutter narzisstisch war?«

Melanie nickte. Sie war sich dessen inzwischen ziemlich sicher.

»Dann hast du von deinem Vater Liebe erfahren«, sagte Anja«, »aber wenn er als Mann unsicher war, konnte auch er dir den Respekt nicht beibringen. Ähnlich wie Diana hast du da ein Defizit. Den Respekt von deiner Mutter hast du wahrscheinlich ebenso wenig erhalten, weil du ihr nie genügt hast. Und auch du hast die Bestätigung bei Männern gesucht. Ich kann mir aber vorstellen, dass deine Mutter sich mit Ronald gut versteht. Die beiden sind aus ähnlichem Holz geschnitzt, erkennen sich im jeweils anderen wieder und finden das unheimlich toll. Ist es so?«

Klar war es so. Irgendwie seltsam, wenn man alles zu verstehen begann.

Melanie musste lachen. »Du triffst den Nagel auf den Kopf, Anja. Aber ich möchte dazu auch sagen, dass meine Mutter sterbenskrank ist.«

Ihr wurde es schwer ums Herz. Sie musste den Kloß im Hals hinunterschlucken. Sie vermisste ihre Mutter.

Mit leiser Stimme fuhr sie fort: »Das hat sie sehr verändert. Sie ist weicher geworden, redet ganz anders als früher. Wir kommen uns immer näher, lagen uns kürzlich sogar in den Armen – sie hat mich getröstet, als ich wegen Ronald verzweifelt war. Sie ist nicht mehr auf seiner Seite. Plötzlich versteht sie mich, und das, was für sie bisher wichtig war, ist ihr heute unwichtig geworden. Sogar von Ronald hält sie nicht mehr viel. Sie steht erstmals zu mir.«

Melanie hatte Tränen in den Augen.

Die anderen in der Runde auch.

Eine Stille trat ein. Eine mitfühlende Stille.

Irgendwann sagte Anja behutsam: »Wenn etwas Außergewöhnliches passiert, zum Beispiel eine plötzliche Erkrankung wie bei deiner Mutter oder ein Todesfall, der Verlust eines Jobs oder andere massive Einschnitte im Leben, sind dies Chancen für Narzissten, das Scheinbild zu hinterfragen. Es kommt immer wieder vor, dass ein Narzisst sein eigenes Dilemma erkennt und einen Weg daraus findet. So scheint es auch bei deiner Mutter zu sein, Melanie. Und ich freue mich für euch beide, dass ihr eure Beziehung heilen könnt. Es ist ein Urbedürfnis, die Eltern zu lieben. Und es ist schön, wenn das möglich wird, auch wenn es manchmal sehr spät passiert.«

Anja hielt inne und sah Melanie in die Augen. »Mir fällt auf, dass du sagtest, du warst Ronald verfallen. Hat sich da was geändert?«

Alle schauten Melanie an. Sie wurde knallrot. Sie sah sich um, ob jemand in der Nähe wäre.

Dann sagte sie: »Ich verrate euch was. Aber bitte erzählt es keinem, das ist mir extrem wichtig.«

Alle in der Runde nickten. Melanie musterte sie genau. Ihr Instinkt gab grünes Licht.

»Also«, begann sie. »Ich habe im Wald erkannt, dass Ronald sich niemals ändern wird und dass es mir und den Kindern mit ihm immer schlechter gehen wird. So vieles ist passiert, und ich kann und will nicht mehr wegschauen.«

Sie atmete tief ein und sagte: »Ich werde Ronald verlassen.«

So, jetzt war es raus.

Alle schauten sie mit großen Augen an.

Anja stand auf und umarmte sie.

Die anderen kamen dazu und drückten sie.

»Du bist so mutig,«, sagte Anja. »Ich wünsche dir alle Kraft der Welt, damit du das durchziehen kannst.«

Die Frauen fragten Melanie, was sie denn alles durchgemacht habe. Melanie erzählte ihnen ihre Geschichte. Sie redete wie ein Wasserfall. »Seine Launen sind unberechenbar. Aus heiterem Himmel wird er cholerisch und ich kriege Angst. Obwohl ich ihn jetzt schon lange so erlebe, erstaunt es mich nach wie vor und macht mich sprachlos, lässt mich erstarren. Ich kannte das nicht und kann es nicht nachvollziehen. Ich kann auch nicht einschätzen, ob er die Drohungen, die er in einem solchen Moment ausspricht, wahr machen würde. Was meint ihr?«

Anja griff den Faden auf: »Was ich euch erzähle, entschuldigt das Verhalten des Narzissten nicht, es soll euch nur helfen zu begreifen, was in ihm vorgeht: Der Narzisst steht unter großem Druck, seine Illusion aufrecht zu halten. Das überfordert ihn. Er hält die Spannung nur schlecht aus und explodiert regelmäßig wie ein kaputtes Überdruckventil. In einem solchen Moment kann er tatsächlich sehr gefährlich werden. Man weiß nie ganz genau, ob, wann und wie er eine Drohung wahr macht. Das ist für betroffene Angehörige eine enorme Belastung, die Angst schwingt immer mit. Und genau das macht die toxische Beziehung aus, sie wird wortwörtlich vergiftet.«

»Das ist schrecklich,« sagte Susanne. Alle waren betroffen. Toxische Beziehung. Jetzt wussten sie, was das bedeutete.

»Wie willst du vorgehen?«, fragte Anja schließlich.

»Ich brauche Zeit, um alles einzufädeln,« antwortete Melanie. »Ronald ist unberechenbar und hat mir schon gedroht, dass er mir das Leben zur Hölle machen will, sollte ich mich von ihm trennen.«

»Ich verstehe, dass du dir Zeit nehmen willst«, sagte Anja. »Aber warte nicht zu lange. Er wird es merken, und dann ist dein Vorsprung verwirkt.«

Das machte natürlich Sinn, Melanie nahm es sich zu Herzen.

Nun sprachen alle durcheinander und sicherten ihr ihre Unterstützung zu.

»Ich bin immer für dich da, ruf an, wann immer du willst.«

»Komm zu mir, du kannst jederzeit bei mir wohnen.«

Und weitere tolle Angebote kamen. Melanie war gerührt.

Melanie war froh über all diese wertvollen Tipps und die Unterstützung. Sie hatte so viel gelernt. Zu Hause würde sie sich weiter mit Narzissmus auseinandersetzen. Bücher wollte sie nicht kaufen, Ronald hätte sie finden können. Aber sie wollte Narzissmus und Co-Narzissmus googeln und Ratgeber auf YouTube anschauen. Das war weniger auffällig.

Dann kehrten sie zur Herberge zurück. Ronald hatte sich mit ein paar anderen zusammengetan, die sich unglaublich toll fanden.

Melanie merkte, dass sie mit diesen Leuten nicht viel anfangen konnte. Nicht mehr. Dieser Glanz war verblasst.

Der letzte Abend war gekommen. Alle aßen zusammen, feierten, sangen, lachten. Es herrschte eine ausgelassene Stimmung.

Nach dem fröhlichen Abschluss zog sich Melanie müde zurück. Anja kam zu ihr und fragte nach, ob es ihr gut gehe. Melanie hatte tatsächlich etwas, das ihr nicht aus dem Kopf ging. Ihre traumatische Erfahrung mit Ronald im Swinger-Club beschäftigte sie. Sie wollte verstehen, warum sie sich gegen ihren Willen darauf eingelassen hatte.

Anja nahm sich Zeit für sie und bat sie, zu erzählen. Melanie schilderte ihre Fantasie vom erotischen Maskenball und dass Ronald sie daraufhin in den Swinger-Club gelockt hatte. »Er hat mich für etwas bestraft, was ich total in Ordnung fand. Überhaupt – ich verstehe so einiges nicht. Zuerst konnte ich es kaum erwarten, dass er sich sexuell auf mich einließ, und als er es tat, war es göttlich. Aber die heiße, verliebte Phase war schnell vorbei. Der Sex ist seither eher lau. Aber ich habe immer noch das Gefühl, dass er der Beste ist und dass ich mich nie mehr auf einen anderen Mann einlassen kann. Bin ich so bescheuert? Ich bin total ausgehungert, und trotzdem bin ich ihm treu ergeben, ja sogar hörig.« Melanie ekelte sich vor sich selbst.

Anja war betroffen. »Das Gehirn ist unser wichtigstes Sexualorgan. Fantasien sind etwas ganz Normales, dafür brauchst du dich nicht zu schämen. Narzissten haben eine perfide Art, um ihre Partnerinnen oder Partner gefügig zu machen. Es ist die stärkste Waffe ihres Machtspiels. Diese Männer lassen eine Frau zappeln. Sie halten sich zurück, und so entsteht ein Vakuum, ein Hunger nach mehr. Diese Frau ist ehrgeizig und will ihn um jeden Preis. Sie zweifelt an sich, ihr Selbstwert sinkt in den Keller. Sie ist bereit, ihm alles zu geben. Der Narzisst erreicht sein Ziel. Erst jetzt gibt er ihr, was sie braucht. Auch wenn dieser erste Sex ‚normal gut' ist, fühlt es sich für diese Frauen wie eine Offenbarung an, dieser Mann ist für sie ein Sex-Gott. Sie dankt es ihm mit ewiger Loyalität und Treue. Ihr gesundes Selbstbewusstsein bedroht ihn. Dagegen wird er ankämpfen. Er wird zur Bestie.«

»Du hast so recht...« Melanie begann zu verstehen. »Ronald hat meine Sehnsucht bis ins Unermessliche gesteigert. Hat damit gespielt. Meine Freundinnen, die mein Selbstwertgefühl gestärkt haben, hat er alle vergrault. Ich verstehe jetzt, wo meine Abhängigkeit begonnen hat. Das alles macht mich so wütend!«

Anja umarmte Melanie, die sich gerade wie ein kleines Kind fühlte.

»Das kann ich verstehen«, tröstete sie Melanie. »Diese Wahrheit ist bitter, und sie ist heilsam.«

Die beiden Frauen lagen noch eine Weile beisammen. Irgendwann schliefen sie ein.

Am nächsten Tag gingen alle ein letztes Mal allein in die Natur, danach kam die Abschiedsrunde.

Sie waren als Gruppe gewachsen, und obwohl Melanie nicht alle mochte, fiel ihr der Abschied schwer. Sie hatte so vieles erlebt, zusammen mit anderen geweint, gelacht und gelernt. Sie hatte neue Erkenntnisse gewonnen und war zuversichtlich, dass sie vieles schaffen konnte.

Joe bedankte sich für das Vertrauen und war sichtlich gerührt, als er jeden zum Abschied umarmte und ihm alles Gute für das weitere Leben wünschte.

Alle wussten, dass sie sich wahrscheinlich nicht wiedersehen würden.

Melanie fiel es besonders schwer, sich von Anja zu verabschieden. Glücklicherweise wohnte sie in ihrer Nähe. Das würde es einfacher machen, in Kontakt zu bleiben.

Anja meinte, sie könnten sich auch einmal in einer Frauengruppe in ihrer Region treffen. Die Idee gefiel Melanie. Das würde ihr bestimmt guttun.

Schließlich setzten sich Ronald und Melanie ins Auto.

Sie fuhren zurück nach Hause.

Der Temperatursturz traf glücklicherweise erst jetzt ein. Nach einem milden Herbst brach ein unerbittlicher Winter an. Es war eisig kalt und begann zu schneien.

Schweigend fuhren sie durch die triste Landschaft.

Melanie konnte nicht mehr länger warten. »Es tut mir so leid, was du mit deiner Mutter erlebt hast. Warum hast du mir nie etwas davon erzählt? Du weißt, ich bin für dich da.«

Ronald grinste.

»Warum grinst du?«

Er fuhr jetzt schneller. »Hast du diesen Mist wirklich geglaubt?«

»Was?«

»Melanie, die Geschichte hat mir mal ein Klient erzählt und ich dachte, das muss ich mir merken.«

Melanie traute ihren Ohren nicht. Sie war entsetzt. Die Tränen, die herzzerreißende Geschichte, all das war bloß ein Schauspiel gewesen? Hatte Ronald denn kein Gewissen? Einmal mehr hatte sie sich so von ihm täuschen lassen. Wie blöd sie doch war!

»Du hast mir doch erzählt, dass dein Vater früh gestorben ist. Die fatale, medizinische Versuchsreihe. War das alles gelogen?«

»Meinen Vater habe ich nie gekannt«, antwortete Ronald mit kalter Stimme. »'Vater unbekannt' steht auf meiner Geburtsurkunde. Meine Mutter war eine Nutte. Ich wurde ihr nach der Geburt weggenommen und habe sie nie wiedergesehen. Aufgewachsen bin ich in verschiedenen Kinderheimen und Pflegefamilien. Ich war ein schwieriges Kind, hatte schon früh meinen eigenen Kopf. Deshalb wurde ich herumgereicht wie ein Aussätziger. Als ich volljährig war, habe ich alldem den Rücken gekehrt. Ich wollte damit nichts mehr zu tun haben. Mein neues Leben habe ich so aufgebaut und gestaltet, wie es mir gefiel. Und nichts sollte mich je wieder an mein altes Leben erinnern.«

Melanie konnte es kaum glauben: »Aber du hast doch ständig geschwärmt, wie großartig deine Mutter gewesen ist...«

»Meine Mutter war eine Hure – wie sollte ich sie da verehren? Aber es kommt nun mal besser an, wenn man gut über die eigene Mutter spricht. Also warum sollte ich mir das Leben schwer machen.«

»Lass uns eine Pause machen und in Ruhe darüber reden«, schlug Melanie vor.

»Vergiss es. Wir fahren nach Hause.«

Übellaunig fuhr er weiter. Irgendwie kam Melanie die Fahrt surreal vor. Wie ein Albtraum. Aber sie konnte sich kneifen, so oft sie wollte, es gab kein erleichtertes Aufwachen. Sie befand sich in der harten Realität.

»Dann hast du im Camp gar nicht an dir gearbeitet?«, fragte sie. »Du sagtest doch, du wolltest unsere Beziehung retten.«

Er stieß ein Lachen aus. »Tagelang allein in der Natur rumhängen, nichts zu essen, im kalten Wasser frieren – das war mir doch viel zu blöd. Ich musste einen Weg finden, wie ich da rauskomme, und deshalb habe ich die Tuberkulose-Story erzählt.«

»Warum bist du denn eigentlich ins Camp mitgekommen?«

»Weil deine Mutter mir ihre Rolex Daytona versprochen hat. Du weißt doch, dass ich die schon lange will.«

»Was?« Melanie starrte ihn blass an.

»Sie gibt mir die Uhr gleich nach der Rückkehr«, lächelte er.

Melanie lief ein Schauer über den Rücken. Sie verlor die Beherrschung. »Ich werde es Mutter sagen«, schrie sie. »Ich werde ihr alles erzählen. Sie soll wissen, dass du nur wegen der Uhr mitgekommen bist. Dann kannst du die Rolex vergessen!«

Ronald grinste wieder. »Du wirst ihr gar nichts erzählen, Melanie. Falls du es doch tust, werde ich ihr erzählen, dass du im Swinger-Club warst und genüsslich mit Frauen rumgemacht hast. Meinst du, das wird deiner kranken alten Mutter gefallen? Wenn sie vor lauter Gram stirbt, bist du alleine dafür verantwortlich, Melanie. Du allein.«

Er schaute sie drohend an. »Überleg' dir gut, was du tust.«

Melanie kochte innerlich vor Wut. Der Typ wäre in der Lage, das zu tun. Und ihrer Mutter konnte sie das wirklich nicht zumuten. Ronald hatte sie in der Hand.

Sie waren noch nicht einmal vom Camp zurück, da hatte Ronald sie schon wieder in den Alltag zurück gerissen. Die Maske war gefallen.

Und zwar noch härter als je zuvor.

Er fuhr gleich nach der Ankunft zu Romy und holte sich die Uhr.

Zu Hause trug er sie voller Stolz.

Melanie wurde schlecht, die geliebte Uhr ihrer Mutter an seinem Handgelenk zu sehen.

Melanie besuchte Romy. Das Wohnzimmer war aufgeräumt. Aber nicht so perfekt wie sonst. Zwei gebrauchte Kaffeetassen standen auf dem Tisch, frische Blumen hatte Romy schön in der Kristallvase arrangiert. Sie rochen wunderbar. Mutter stellte diese gute Vase nur zu besonderen Anlässen auf. Seltsam…

Melanie ging ins Schlafzimmer und setzte sich auf den bequemen Sessel neben dem adrett gemachten Bett.

Romy lag darin. Sie war bleich und wirkte geschwächt. Schmal war sie geworden.

»Hattest du Besuch?«, fragte Melanie.

»Ja.« Romy lächelte verschmitzt.

Melanie hätte schwören können, dass Mutter in dem Moment rosa Bäckchen bekam. Wie süß. Sie wollte mehr wissen, aber Romy wechselte schnell das Thema: »Melanie, wie war euer Seminar?«

Melanie fasste einen Entschluss. »Mama, ich wollte es dir erst gar nicht sagen, aber es zerreißt mich. Ronald darf es auf keinen Fall erfahren. Er hat etwas gegen mich in der Hand und er wird mich vernichten. Also bitte, kein Sterbenswort zu ihm.«

»Natürlich, ich schweige wie ein Grab.« Romy war hellwach.

»Es lief nicht gut«, begann Melanie. »Ronald hat sich als liebenswürdiger Menschen dargestellt, war vor anderen liebevoll zu mir. Aber es war alles bloß eine Riesenshow. Ich glaubte zuerst wirklich, wir hätten eine Chance, unsere Beziehung zu retten, wenn er sich darauf eingelassen hätte. Doch das tat er nicht, er hat gar nicht mitgemacht. Und du hast ihm dafür auch noch deine geliebte Rolex geschenkt. Es tut mir so leid.«

Romy lächelte. Obwohl sie geschwächt war und ihr das Atmen Mühe bereitete, begann sie zu lachen.

Melanie sah sie perplex an. »Was ist denn daran so lustig,
Mama?«

Romy hob mühsam den Arm und zeigte auf die Kommode.
»Geh und öffne die oberste Schublade.«

»Was? Warum?«

»Tu's einfach.«

Verwirrt ging Melanie hin und zog die oberste Lade auf. Darin lag die Rolex.

Melanie fielen fast die Augen aus dem Kopf. »Was? Jetzt ver-
steh ich überhaupt nichts mehr.«

»Ich bin zwar krank«, schmunzelte Romy. »Aber auf den
Kopf gefallen bin ich nicht. Diese Uhr war schon immer für
dich bestimmt, und du wirst sie kriegen, wenn ich sterbe.«

»Aber du hast doch Ronald…«

»Eine Kopie gegeben. Weißt du, Melanie, nicht alle Menschen, die ich kenne, nehmen es mit dem Gesetz so genau. Die
Kopie ist aus einem schweren Metall gefertigt und wiegt fast
so viel wie das Original. Ronald wird es nicht merken. Und…
falls er eine Nickel-Allergie hat, könnte er zufälligerweise einen Ausschlag davon bekommen – daran wird er nicht sterben, aber es könnte ihn furchtbar jucken…«

Jetzt musste auch Melanie lachen. »Mama, du bist unschlag-
bar!« Ronald hatte gedacht, er hätte sie alle in der Tasche. Mit
Romys Brillanz hatte er nicht gerechnet.

Melanie setzte sich an den Bettrand und nahm Romys Hände. »Danke, Mama. Du bist einfach die Beste! Ich werde die Uhr

in Ehren tragen, aber ich hoffe, dass sie noch lange bei dir bleibt. Du gibst mir Kraft, Mama. Du bist mir wichtig.«

Romy war ganz gerührt.

Die beiden Frauen blieben ein paar Minuten still und genossen ihre Nähe.

Romy war nun ziemlich erschöpft. Aber sie hatte etwas auf dem Herzen, was sie noch los werden wollte: »Melanie, ich habe einen schlimmen Traum gehabt...«

Sie atmete durch, ein paar Mal, bis sie wieder genügend Luft hatte. Dann sagte sie: »Es tut mir leid, dass ich dich in Ronalds Arme getrieben habe.«

Wieder brauchte sie ein paar Atemzüge, dann seufzte sie. »Ich rate dir, zu gehen. Dieser Mann saugt dich aus, du gibst dich völlig auf.«

Romys Stimme wurde schwächer, doch sie strengte sich umso mehr an. »Melanie, verlass ihn. Ich wünsche dir alle Kraft, dass du es schaffst.«

Sie schloss die Augen.

Melanie schaute sie besorgt und traurig an.

Den eingefallenen Brustkorb unter der weißen Decke.

Hob er sich? Senkte er sich?

Ganz leicht hob er sich. Senkte sich. Hob sich. Senkte sich.

Melanie stellte sich vor, ihre Mutter würde sterben. Schon bald.

Noch war es nicht so weit. Aber leider wohl sehr bald.

Tränen rollten über Melanies Wangen.

Mutters Worte gruben sich tief in ihr Inneres ein. Der Mann saugt dich aus. Du gibst dich vollkommen auf. Ich wünsche dir alle Kraft, dass du es schaffst.

Romy schloss die Augen und schlief ein.

Melanie seufzte, drückte ihrer Mutter einen Kuss auf die Stirn und verließ das Haus.

Melanie ging in die Stadt. Nach dieser Begegnung mit Mutter konnte sie einfach nicht nach Hause gehen. Sie setzte sich in die dunkle Ecke eines kleinen Cafés und bestellte sich einen Eisenkraut-Tee. Tränen rannen ihr übers Gesicht. Eine Frau, die ihr gegenübersaß, schaute sie an. Plötzlich realisierte Melanie, wer es war.

Viktoria erkannte Melanie sofort und kam an ihren Tisch. »Darf ich mich setzen?«

Melanie nickte. Doch sie wusste nicht so recht, wie sie mit der Situation umgehen sollte.

Viktoria reichte ihr ein Taschentuch. »Dir geht es schlecht. Manchmal ist einfach alles zu viel, dann müssen wir füreinander da sein. Komm zu uns in die Frauengruppe.«

Sie gab Melanie eine Visitenkarte, darauf standen Zeit und Ort für ein Frauentreffen.

Dann stand Viktoria auf und ging.

Melanie sah ihr wortlos nach. Die kommt mir gerade recht, dachte sie. Sie zerknüllte das Kärtchen, verließ das Café und ging nach Hause.

In den Wochen nach dem Camp behandelte Ronald Melanie noch schlechter als zuvor. Er machte einfach, was er wollte. Melanies neu gewonnenes Selbstbewusstsein schmolz dahin wie Butter an der Sonne. Der Entscheid, Ronald zu verlassen, schien ihr je länger je unrealistischer.

Immerhin traf sie sich nun wieder mit Freundinnen aus der Vergangenheit. Sie vertraute sich ihnen an, doch viele glaubten ihr kein Wort. Sie konnten sich nicht vorstellen, dass dieser liebenswürdige, witzige Mann zwei Gesichter hatte.

Außer Alex. Sie trafen sich im Park. Die Kinder spielten im Schnee.

Alex schaute besorgt. »Das passt alles ins Bild. Ich habe im Dienst schon viele solcher Storys von psychischer und physischer Gewalt gehört. Ich weiß, wie sich das anbahnt. Ich habe dich davor gewarnt, und jetzt seid ihr schon ganz nahe dran. Überleg' dir gut, was du tust, Melanie. Zieh deinen Entschluss durch und bring dich und die Kinder in Sicherheit, so lange du noch kannst.«

Sie blickte ihn an. »Ich schaffe es einfach nicht. Ich habe zu wenig Kraft dafür, ihn zu verlassen. Ich schaffe das nicht.«

Alex legte ihr die Hände auf die Schultern. »Hör mir gut zu. Schau, dass du stark genug wirst, und dann verlässt du ihn. Bereite dich gut vor, und wenn es soweit ist, informierst du mich. Ich helfe dir.«

Sie nickte. Doch wirklich vorstellen konnte sie sich die Trennung im Moment nicht.

»Übrigens«, sagte Alex, »Mutter ist sehr besorgt. Sie hatte einen Traum – darin hat Ronald dich und die Kinder umgebracht.« Melanie erschrak. Aber es erstaunte sie nicht. Die Angst würgte ihr Tag und Nacht die Kehle zu.

Daheim funktionierte Melanie wie immer. Ronalds Schimpftiraden und Beleidigungen ließ sie möglichst ruhig über sich ergehen. Sie hielt jeweils den Atem an und hoffte, es würde schnell vorüber gehen. Er konnte wegen Bagatellen ausrasten. Einmal, weil sie seinen Lieblingskäse nicht eingekauft hatte, ein anderes Mal, weil sie sein Aspirin vergessen hatte. Er musste überall ein Röhrchen davon griffbereit haben. Das war bestimmt nicht gesund, aber inzwischen war ihr das egal. Nicht einmal der Ausschlag an seinem Handgelenk munterte sie auf... Er trug die Uhr nicht mehr.

Die Zwillinge versorgte sie, so gut es ging. Sie spielte mit ihnen, obwohl sie mit den Gedanken abwesend war, knuddelte sie, obschon sie nichts dabei empfand. Sie war abgestumpft.

Viktorias Worte hallten in ihr nach. Manchmal wird alles zu viel. Komm zu uns.

Naja, vielleicht würde sie dort ein paar bekannte Gesichter treffen. Das wäre nett. Vielleicht wäre das Ganze ja doch einen Versuch wert. Ob es vielleicht sogar die Gruppe war, von der Anja geschwärmt hatte?

Melanie rief Anja an. Anja freute sich, ihre Stimme zu hören. Natürlich war es Viktorias Gruppe, die Welt war klein. Nachdem Melanie ein bisschen erzählt hatte, ermutigte Anja sie, beim nächsten Treffen hinzukommen.

Melanies größte Hoffnung war, dass sie das Selbstbewusstsein und die Klarheit vom Camp wieder aktivieren konnte und es schließlich schaffte, Ronald zu verlassen. Ja. Das wäre fantastisch.

Sie überwand ihren Widerstand gegen Viktoria und meldete sich an.

Alex war von dieser Idee begeistert. Er, Marianne und auch Hans halfen bei der Kinderbetreuung. Ronald war fast jeden Abend weg und merkte gar nichts. Melanie war das recht, denn er hasste es, wenn sie sich etwas gönnte, und sie ging den Dramen möglichst aus dem Weg.

Als Melanie in der Frauengruppe ankam, waren Anja und auch Susanne schon da und begrüßten sie herzlich. Auch Viktoria hieß sie willkommen.

Wohlwollende Blicke trafen sie aus der Runde. Das machte ihr Mut. Melanie entspannte sich.

Sie saßen im Kreis, und Sonja begann zu erzählen. Sie hatte sich von ihrem Mann getrennt, worauf er ihr den Geldhahn zudrehte. Sie hatte keine Chance, an Geld zu kommen. Da er ein hohes Einkommen hatte, wurden ihr Sozialgelder oder andere Unterstützung verweigert. Sie hatte kein Dach über dem Kopf, nichts.

»Was für ein Arsch!«, stieß eine Teilnehmerin hervor. »Der Typ ist so was von unfair!«

Viktoria hob die Hand. »Wir halten zusammen. Das heißt, wir schießen nicht auf andere, sondern nutzen die Energie lieber für uns. Wir unterstützen uns gegenseitig. Also: Wie können wir Sonja helfen?«

»Ich habe ein Zimmer frei«, sagte Lisa. »Meine Tochter ist ausgezogen, und du kannst da für eine Weile unterkommen.«

»Echt?« Sonja atmete erleichtert auf. »Sehr gerne! Das ist mega lieb!«

Viktoria bedankte sich und meinte: »Dieser Situation begegnen wir immer wieder. Eine Frau möchte ausziehen, kann es sich aber wegen der finanziellen Abhängigkeit nicht leisten. Es gibt zwar Frauenhäuser, aber die sind meistens voll. Es ist tragisch. Um diese Not zu lindern, habe ich mit der Präsidentin des nationalen Frauenbundes gesprochen. Wir werden eine Internet-Plattform gründen, wo man freie Zimmer für solche

Übergangslösungen anbieten und finden kann. Für Einzelpersonen oder mit Kindern. Diese Plattform wird bald aufgeschaltet werden. Wie ihr wisst, habe ich ein Mehrfamilienhaus mit zehn Zwei-Zimmer-Wohnungen, die ich zu diesem Zweck vergeben kann.«

Melanie starrte sie an. »Woher hast du denn dieses Vermögen? Wie kannst du einfach so viele Wohnungen vergeben?«

»Wir alle haben eine Geschichte, auch ich«, entgegnete Viktoria. »Vielleicht erzähle ich sie dir eines Tages. Aber nun zurück zu Sonja. Du brauchst juristische Beratung. Irma kann dir da weiterhelfen. Wende dich vertrauensvoll an sie.«

Melanie war verblüfft. »So einfach geht das? Hast du für jedes Problem eine Lösung?«

»Nicht ich allein. Wir alle zusammen. Das ist der Zweck dieser Gruppe. Wir halten zusammen, unterstützen uns gegenseitig. Wir setzen uns für Gleichberechtigung, Fairness, Respekt und die Menschenwürde ein, unabhängig von Geschlecht, Religion, Rasse oder sexueller Orientierung. Unfair ist unfair. Ungerecht ist ungerecht. Übergriff ist Übergriff. Egal wo, wie und wann.«

Melanie taten diese Treffen gut. Sie ging nun regelmäßig hin und merkte, wie die Stärke vom Camp langsam zurückkam und ihr Selbstvertrauen wieder größer wurde.

Einmal erzählte Désirée, die lange unter der Trennung von ihrem Mann gelitten hatte, dass sie sich neu verliebt hatte. Sie strahlte vor Glück. »Er ist groß, stark, ein richtiger Mann. Er versteht mich, macht mir Komplimente, verwöhnt mich.«

Melanie hatte ein flaues Gefühl im Magen, konnte aber nicht sagen, warum.

Viktoria hakte nach. »Désirée, wie war's denn bei deinem Ex am Anfang eurer Beziehung?«

Désirée sah zu Boden, dann schaute sie erschrocken auf. »Genau gleich! Oh mein Gott, meinst du, es wird jetzt alles wieder wie beim Ex?«

Viktoria nickte. »Das könnte leider sein.«

Melanie wurde traurig, wenn sie an Désirées Situation dachte – und an ihre eigene.

»Es tut weh, das zu sehen«, murmelte Désirée mit leiser Stimme. »Aber ich checke es lieber jetzt als zu spät, wenn ich einmal mehr wieder unendlich gelitten habe. Wie kann ich's denn selber erkennen, wenn ich wieder auf einen solchen Typen reinfalle?«

»Das ist eine sehr gute Frage«, sagte Viktoria. »Eine Variante ist, du sprichst ihn direkt darauf an, ob er ein Narzisst sei. Kein Scherz. Frag ihn. Falls er einer ist, wird er das zugeben. Er ist stolz auf sich und kann nicht leugnen, dass er sich selbst großartig findet. Falls er deinen »Trick« kennt, wird er's abstreiten. Doch es gibt Anzeichen, die du beachten kannst.«

»Was für Anzeichen?« Die ganze Gruppe hing an Viktorias Lippen.

»Nun, er möchte mit seiner Eroberung erfolgreich sein, also macht er auf Tempo und wird schnell verbindlich. Er sagt dir schon nach kurzer Zeit, dass er sein ganzes Leben auf dich gewartet hat, dass du die Mutter seiner Kinder wirst, dass er dich am liebsten vom Fleck weg heiraten möchte. Das erste Date fühlt sich schon an wie eine Verlobung.«

Melanie fiel es wie Schuppen von den Augen. »Genauso war es bei Ronald und mir auch!«

Viele anderen Frauen nickten, sie kannten das ebenfalls.

»Und was für andere Anzeichen gibt es noch?«, fragte eine Teilnehmerin.

»Er will alles von dir wissen«, erklärte Viktoria. »Dadurch erkennt er sehr schnell, wie du tickst, was dir wichtig ist und wie er dich manipulieren kann. Von sich selbst erzählt er aber kaum was.«

»Und sonst noch?«

»Er bestellt für dich, damit demonstriert er seine Dominanz – er ist der Chef.

Und weiter: Wenn du ihn nach seinen Freunden fragst, wird er ausweichen. Er kennt zwar sehr viele Menschen, enge Verbindungen hat er aber kaum. Er möchte nicht geliebt werden, sondern respektiert. Und wenn du dich nach seinen früheren Partnerschaften erkundigst, gibt es wahrscheinlich keine längeren Beziehungen, außer er hat früh geheiratet. Er begründet es damit, dass er auf die Richtige gewartet hat, und das bist natürlich du! Du bist die einzige, die ihn verstehen kann. Die einzige! Wer hört das nicht gerne?«

Alle lachten.

Melanie erkannte sich selbst nur zu gut. Sie war für solche Schmeicheleien äußerst empfänglich. »Désirée, wie gut, dass du uns das erzählt hast«, sagte sie. »Beim Austausch wird Unsichtbares plötzlich sichtbar, und man kann dann auch reagieren.«

Viktoria nickte. »Deshalb ist so eine Runde so wertvoll.«

Melanie merkte, dass sie gewisse Dinge mehrmals hören musste, bevor es wirklich bei ihr ankam. Die Wahrheit musste sich offenbar durch mehrere Schichten durchkämpfen, bis sie wirken konnte.

»Übrigens«, sagte Anja, »hat jemand von euch Sonja gesehen?«

Die Teilnehmerinnen schauten sich an. Niemand antwortete.

Viktoria wandte sich an Lisa. »Wohnt Sonja jetzt eigentlich bei dir?«

Lisa nickte. »Sie ist bei mir eingezogen. Aber ihr Ex lauert ihr ständig auf und will mit ihr reden. Es ist richtig mühsam. Er ruft auch dauernd an und schickt ihr laufend Nachrichten.«

»Was schreibt er denn?«

»Er entschuldigt sich, ist reumütig, aber dann schreit er sie plötzlich wieder an, beleidigt sie. Sie traut sich kaum mehr aus dem Haus.«

»Oh.« Alle waren betroffen.

»Eine typische Strategie. Ich hoffe, sie zeigt ihn an«, sagte Viktoria. »Dann kriegt er ein Kontaktverbot.«

»Das traut sie sich nicht«, murmelte Lisa. »Sie hat Angst, dass er dann noch wütender wird.«

»Wenn die Angst so groß ist, ist es höchste Zeit für eine Anzeige. Sonst wird es richtig gefährlich. Bitte richte ihr das aus. Ich hoffe, sie schafft es, zur Polizei zu gehen.«

Melanie leuchtete Viktorias Rat vollkommen ein. Dennoch verstand sie auch Sonjas Zögern. Sie konnte sich gut vorstellen, dass es bei Ronald auch so wäre.

Die nächste Woche begann für Melanie wie gewohnt. Sie brachte die Kinder in die Kita, Ronald verließ die Wohnung, danach war sie allein zu Hause.

Sie genoss die Ruhe und goss sich einen heißen Kaffee ein. Die Zeitung lag auf dem Tisch, und eine Schlagzeile sprang Melanie ins Auge:

Brutaler Mord erschüttert das Land!

Darunter ein Bild von einer Frau, ihre Augen waren durch einen schwarzen Balken abgedeckt.

Melanie las weiter:

Der Ex-Freund lauerte Sonja K. seit dem frühen Morgen auf. Als sie zur Arbeit fahren wollte, griff er sie von hinten an, zerrte sie zu Boden und erschlug sie mit einem Hammer. Sonja K. hatte keine Chance. Einen Monat zuvor hatte sich die 31-jährige Bankangestellte von dem fünf Jahre älteren Unternehmer getrennt.

Melanie stockte das Herz.

Nach einer Weile blies sie Luft aus, nachdem ihr bewusst wurde, dass sie zu atmen aufgehört hatte.

Sie setzte sich an den Tisch. Alle Kraft strömte aus ihr hinaus, und sie musste sich am Tisch festhalten.

Irgendwann tauchte sie wieder auf. Sie hatte keine Ahnung, wie lange sie dagesessen und auf die Zeitung gestarrt hatte, unfähig, sich zu bewegen.

Sonja war tot.

Von ihrem Ex grausam erschlagen. Feige und hinterhältig.

Melanie begann zu zittern. Sie hatte ihren Körper nicht mehr unter Kontrolle. Sie weinte, schluchzte.

All die Angst, die sich in ihr aufgestaut hatte, all der Schmerz über ihre eigene Lage und Sonjas Schicksal, einfach alles explodierte in diesem Moment.

Lange Zeit wurde sie von Schluchzern geschüttelt.

Dann wurde sie endlich ruhiger.

Und dann war sie plötzlich da – die absolute Klarheit, dass sie Ronald sofort verlassen musste. So schnell wie möglich. Definitiv. Jetzt würde sie nichts mehr abhalten.

Melanie rief Alex an. Sie brauchte Verbündete und wollte alle um sich scharen, die sie unterstützen konnten.

»Endlich!« Alex blies Luft aus. »Plane es gut, ohne dass er was merkt, und zieh's dann durch. Hast du einen, Ort wo du hinkannst?«

»Viktoria hat Wohnungen, die sie in solchen Fällen zur Verfügung stellt. Ich werde sie fragen, ob ich erst mal dahin kann.«

»Sehr gut. Pack schon mal das Nötigste ein und verstecke es im Kofferraum. Er ist ja eh nur mit seinem Porsche unterwegs und wird es nicht merken. Bevor du losfährst, holst du so viel Bargeld ab wie du kannst, damit du bei einer allfälligen Kontosperre eine Zeit lang davon zehren kannst und keine ‚Geldautomat-Spuren' hinterlässt.«

Melanie nahm die Ratschläge dankend an. Dann fuhr sie zu ihrer Mutter, um es ihr persönlich mitzuteilen. So schonend wie möglich, denn Romy war inzwischen sehr geschwächt. Doch Melanie war sich sicher, Romy wäre beleidigt, wenn sie es ihr nicht gesagt hätte.

Mit dem Überraschungsbesuch hatte Romy aber nicht gerechnet.

Sie war noch beim Frühstück. Und sie war nicht allein.

Hans war bei ihr.

»Frühstückt ihr zusammen?«, fragte Melanie überrascht.

Romy lächelte glücklich. »Hans und ich, wir haben uns, wie soll ich sagen…«

»Wir haben uns ausgesprochen«, erklärte Hans. »Wir haben uns versöhnt und wagen einen Neuanfang.«

»Wir sind frisch verliebt«, strahlte Romy.

Melanies Herz schmolz fast vor Freude. »Ihr seid einfach unglaublich! Das ist eine tolle Nachricht! Ich freue mich so sehr!«

»Setz dich doch«, sagte Romy. »Es ist genügend da für ein drittes Frühstück.«

Melanie setzte sich. »Ich habe keinen Hunger, danke.«

»Was ist denn los?«, fragte Hans. »Du siehst so ernst aus.«

Melanie gab sich einen Ruck. »Ich werde mich von Ronald trennen. Alex weiß es auch schon.«

»Ist es jetzt also so weit«, sagte Romy. »Komm mit den Kindern zu uns, du kannst hier wohnen, und…«

»Das geht nicht«, erklärte Melanie. »Hier würde Ronald mich sofort finden, und wer weiß, was er dann tun würde. Was er mir antun würde – oder den Kindern.«

»Wo willst du denn sonst hin?«

»Ich ziehe erst mal zu einer Freundin, bis die Trennung geklärt ist und die Scheidung geregelt. Es könnte sein, dass Ronald hierherkommt und euch anjammert, damit ihr ihn unterstützt. Bitte wimmelt ihn ab und sagt ihm auf keinen Fall, wo ich bin. Ich weiß nicht, wozu er fähig ist. Lasst ihn am besten gar nicht rein.«

»Endlich!«, atmete Hans auf. Er war erleichtert, aber auch besorgt. »Hast du das in der Zeitung gelesen? Von dieser Frau, deren Freund…«

»Ich habe sie gekannt.« Melanie stiegen Tränen in die Augen. »Ihr Tod soll nicht umsonst sein. Er hat mir die Augen geöffnet und gezeigt, wohin es führen kann. Ich werde jetzt alles unternehmen, damit es bei mir nicht so endet wie bei Sonja.«

Romy und Hans legten ihr die Hände auf die Schultern. »Wir sind immer für dich da, das weißt du.«

Sie umarmten sich. Lange.

Dann löste sich Melanie von ihnen.

Hans sah sie an. »Versprich mir, dass du dich sofort meldest, wenn du was brauchst!«

Melanie nickte. Dann ging sie zurück nach Hause, um ihre Flucht vorzubereiten.

Als erstes rief sie Viktoria an. Und damit kam der erste Dämpfer.

»Das Haus ist voll ausgelastet, alle Wohnungen besetzt«, sagte Viktoria.

Melanie schluckte leer.

»Aber nicht für lange«, erklärte Viktoria. »In drei Tagen wird eine Zweizimmerwohnung frei. Kannst du bis dahin warten?«

Melanie wäre lieber schon vorher ausgezogen, doch sie sagte zu.

Also noch drei Tage musste sie durchhalten.

Sie versuchte sich möglichst nichts anmerken zu lassen und nützte die Zeit, um alles zu organisieren. Sie beauftragte einen guten Anwalt, die Trennungsvereinbarung auszuarbeiten. Sie wollte Nägel mit Köpfen machen.

Dann waren die drei Tage vorüber.

Melanie konnte es morgens kaum erwarten, dass Ronald die Wohnung verließ.

Sie setzte die Kinder ins Auto und fuhr zu Viktorias Haus. Es war eine lange Fahrt, zwei Stunden, die Kinder quengelten ununterbrochen.

Schließlich hielt Melanie bei einem Einkaufszentrum an, das am Weg lag.

Hier tätigten sie oft ihre Großeinkäufe. Die Kinder konnten etwas essen, und Melanie kaufte Lebensmittel für die ersten Tage ein. An einem Geldautomaten holte sie Bargeld, soviel wie die Limite zuließ. Das würde vorerst reichen.

Als plötzlich ihr Handy klingelte, zuckte sie zusammen.

Es war Ronald. Ihr wurde flau im Magen. Sollte sie antworten? Oder ihn wegdrücken?

Sie spürte ihren Herzschlag bis zum Hals. Dann entschied sie, dass es zu auffällig wäre, den Anruf nicht anzunehmen. Ronald würde vielleicht Verdacht schöpfen. Sie wollte Zeit gewinnen und ging deshalb dran.

»Hallo?«, sagte sie möglichst locker, doch ihre Stimme klang für ihren Geschmack viel zu heiser.

Ronald sagte: »Was machst du in der Mall?«

Erschrocken sah sie sich um. »Bist du etwa schon hier?« Sie hatte vollkommen vergessen, dass er sie ja tracken konnte!

»Warum klingst du so seltsam?«, fragte er ruhig. »Hast du Angst vor mir?«

»Ich… nein, natürlich nicht.«

»Dann ist es ja gut. Ich bin in einer Viertelstunde bei dir, mach keine Dummheiten. Ich weiß, dass du was vorhast.«

»Was?«, schrie sie.

Die Leute um sie herum schauten sie merkwürdig an. Die Kinder waren verwirrt.

Melanie drückte die Verbindung weg, nahm die Zwillinge und eilte los.

Den Einkaufswagen ließ sie stehen, ohne zu zahlen. Sie konnte später woanders einkaufen.

Auf dem Weg zum Auto kam sie an einem Telekom-Shop vorbei.

»Können Sie Tracking-Apps löschen?«, fragte sie im Vorübergehen den Mann an der Kasse.

Er lächelte mit Flaum auf der Oberlippe. »Kein Problem.«

»Okay, aber es muss schnell gehen!«

Sie entsperrte ihr Handy und gab es ihm. Erst da merkte sie auf seinem Schildchen, dass er ein Auszubildender war. Oh nein, dachte sie, das dauert bestimmt Jahre, bis der das hinkriegt!

So konnte man sich täuschen. Der Azubi durchsuchte das Gerät flink wie ein Wiesel. Er fand nicht nur eine App, sondern ganz tief versteckt noch eine zweite, und zuletzt änderte er noch rasch die Einstellungen zum Finden von Freunden und zum Suchen des Handys. Er leistete ganze Arbeit.

Melanie gab dem jungen Mann ein großzügiges Trinkgeld und hastete mit den Kindern zum Auto.

Sie verließ das das Parkhaus mit quietschenden Reifen.

Im genau gleichen Moment fuhr Ronald auf der entgegengesetzten Spur hinein. Dort konnte er unmöglich wenden. Er hatte keine Chance, sie zu verfolgen.

Sie hatte es geschafft.

Sie war ihm entwischt.

Am frühen Nachmittag kamen sie in der Wohnung an und richteten sich ein. Das war schnell erledigt. Sie hatten ja nicht viel dabei.

Unten war ein großer Spielplatz. Den restlichen Nachmittag verbrachten sie draußen. Die Kinder genossen die Spielanlage und spielten mit den anderen Kindern, die schon da waren.

Melanie informierte ihre Familie, was passiert war und dass sie gut angekommen war.

Danach schaltete sie ihr Handy aus. Sie wollte Ruhe.

Doch die Anspannung wich nicht. Dauernd dachte sie an Ronald. Was er nun tun würde. Alle fünf Minuten ging sie vors Haus und schaute nach, ob Ronalds Auto irgendwo in der Gegend parkte. Es war nie da, und doch blieb die Angst in ihrem Nacken.

Am nächsten Tag wachte Melanie früh auf. Sie hatte schlecht geschlafen. Auch die Kinder waren unruhig gewesen.

Sie machte Frühstück, und danach wollten sie das Haus auskundschaften.

Dabei sah sie andere Bewohnerinnen. Die meisten hatten ebenfalls Kinder dabei. Diese Frauen waren Schicksalsgenossinnen. Die Kinder spielten schnell miteinander, doch Melanie fühlte sich verloren und fremd. Aber einige andere Bewohnerinnen kamen auf sie zu, trösteten sie und erzählten von ihren Geschichten.

Melanie war klar, sie musste mit Ronald sprechen.

Die Frauen ermunterten sie, das zu tun, und kümmerten sich derweil um die Kinder.

Melanie zog sich in ihre Wohnung zurück und schaltete ihr Handy ein.

Ronald hatte 34 mal angerufen.

Sie holte tief Luft und drückte seine Nummer. Als er abnahm, begann sie ohne Begrüßung. »Ronald, ich verlasse dich. Es ist vorbei.«

»Melanie«, säuselte er zuckersüß. »Endlich höre ich dich – ich habe deine Stimme so vermisst, du kannst dir das gar nicht vorstellen! Melanie, es tut mir so leid, wie alles gelaufen ist. Komm zurück, wir starten noch mal völlig neu.«

»Zu spät, Ronald«, sagte sie. »Es ist zu spät. Viel zu spät.«

»Melanie«, sagte er sanft. »Ich will dich nicht verlieren. Ich sehe ein, dass ich Fehler gemacht habe. Ich tue alles, damit du bleibst!«

Vor Melanies innerem Auge zogen Bilder vorbei. Wie Ronald sie mit Blumen, Versprechungen, Aufmerksamkeiten und gutem Sex zurückzugewinnen versuchte. Und wie danach alles wieder verschwand, und schon bald wieder alles war wie zuvor.

Sie holte Luft. »Ronald, ich will die Scheidung.« Jetzt war es raus. Sie hatte es geschafft, es ihm zu sagen, sie war klar geblieben. Sie fühlte sich gleichzeitig kraftvoll und verletzlich wie nie zuvor.

Stille lastete in der Leitung.

Dann sagte Ronald mit einem scharfen Unterton: »Ich werde die Zwillinge nicht abgeben, Melanie, das ist klar, ich werde sie kriegen. Alle wissen, dass du hysterisch bist und emotionale Schwankungen hast, auch die Polizei weiß das, es ist sogar aktenkundig. Und deshalb ist auch klar, dass ich der bessere Elternteil für die Zwillinge bin. Du wirst die Kinder nie kriegen, Melanie, du wirst sie verlieren!«

Melanie drückte das Gespräch weg. Ihr schnürte es die Kehle zu. Sie hatte fürchterliche Angst davor, dass alles so kommen würde, wie Ronald gesagt hatte.

Diese eiskalte Angst ertrug sie kaum.

Sie atmete tief durch. Sie hatte immerhin nicht nachgegeben. Sie hatte es geschafft und war hart geblieben.

Dann rief sie ihren Anwalt an. »Wie weit sind Sie?«

»Das dauert seine Zeit«, antwortete er. »Ich bin dran, aber so schnell geht es nun mal nicht.«

»Ronald will mir die Kinder wegnehmen!« Melanie hatte Mühe, ihre Stimme unter Kontrolle zu halten. »Was soll ich tun? Was können wir dagegen tun?«

»Leider sind mir die Hände gebunden, wenn er bestimmte Schritte unternimmt. Aber ich versuche, das Scheidungs-Verfahren zu beschleunigen. Mehr kann ich im Moment nicht tun.«

Er legte auf und ließ sie mit ihrer Panik allein.

Sie malte sich die schrecklichsten Szenarien aus.

Und tatsächlich, gegen Abend klingelte es an der Tür von Viktorias Haus.

Zwei Polizisten standen draußen. Einer wies ein Papier vor. »Es gibt eine Gefährdungsmeldung für Ihre Kinder. Deshalb müssen wir sie mitnehmen.«

Alles Blut wich aus Melanies Gesicht. »Und wohin bringen Sie die Zwillinge?«

»Gute Frau. Sie können die Kinder nicht einfach so entführen. Ihr Mann ist der Vater. Und er hat berechtigte Zweifel, dass die Kinder bei Ihnen in guten Händen sind. Bevor den Kindern etwas zustößt, werden sie in einer Pflegefamilie untergebracht.«

Eine Frau vom Jugendamt näherte sich. »Bitte machen Sie's den Kindern nicht noch schwerer, als es ohnehin schon für sie ist.«

Melanie sah die Polizisten totenbleich an. »Wie haben Sie mich überhaupt gefunden?«

»Wir haben die nötigen Geräte, um Handys zu orten, dazu brauchen wir keine Apps.«

Die Frau vom Jugendamt packte die wichtigsten Sachen der Kinder ein. Melanie redete auf die Dame ein, doch sie ließ sich nicht beirren. Sie hatte das offenbar schon oft gemacht, selbst wenn es ihr als Privatperson vielleicht widerstreben mochte.

Die Kinder weinten die ganze Zeit.

Melanie war wie gelähmt. Sie sah den Kindern nach, wie sie mit ihren Teddys im Arm in den Streifenwagen stiegen.

Melanie brachte keinen Ton heraus. Mit Tränen in den Augen schaute sie ihren Kindern hinterher.

Die Zwillinge winkten durch die Fenster des davonfahren-
den Autos, bis sie in der Ferne verschwanden.

Melanie stand in der Kälte. Der Winter war garstig. Was sollte sie nun bloß tun? Sie konnte keinen klaren Gedanken mehr fassen.

Sie rief Alex an und flehte ihn an, ihr zu helfen.

Doch auch ihm waren die Hände gebunden. Er sagte, sie solle so schnell wie möglich mit dem Anwalt Gegenschritte einleiten. Und unbedingt in Viktorias Wohnung bleiben, dort war sie vorläufig sicher. Es hätte den Kindern nichts genützt, wenn sie in Ronalds Finger geraten wäre. Und hier war sie dank den anderen Frauen nicht allein.

Melanie war müde, lebensmüde. Der ewige Kampf hörte nicht auf. Sie überlegte, sich etwas anzutun. Diesen Gedanken verwarf sie sofort wieder. Sie wollte überleben – ihren Kindern zuliebe.

Etwas später rief der Anwalt zurück. Er hatte eine gute Nachricht. Ronald war einverstanden, dass sie sich das Sorgerecht gütlich teilten. Das hatte er mit seinem Anwalt besprochen. Sie konnten das Jugendamt davon überzeugen, dass es für die Kinder das Beste war, bei den Eltern zu sein. Ronald gab zu, Melanie wegen der Ehekrise angeschwärzt zu haben. Das bedeutete, dass die Kinder abwechselnd eine Woche bei Melanie und eine Woche bei Ronald waren. Melanie war klar, dass die Kinder in Ronalds Woche natürlich nicht von ihm selbst, sondern fremdbetreut wurden. Er hatte ja absolut keine Ahnung vom Umgang mit kleinen Kindern. Das war zwar schlimm, aber immer noch besser als die komplette Sperre.

Aber warum war Ronald ihr entgegengekommen?

Schon bald erfuhr sie den wahren Grund.

Er wusste, dass sie litt, wenn die Kinder bei ihm waren. Er quälte sie damit: »Verabschiede dich, du weißt nie, ob du sie wiedersiehst«, sagte er jeweils grinsend, wenn sie ihm die Kinder überbrachte.

Sie biss sich auf die Zähne und nutzte die gemeinsame Zeit mit den Kindern, um ihnen Liebe, Wärme und Geborgenheit zu geben, so gut das möglich war.

Oft gingen sie nach draußen in die Natur, bauten Schneemänner oder spielten zusammen mit anderen Kindern. Trotzdem ging das Ganze nicht spurlos an den Zwillingen vorbei. Sie waren ruhig, oft bedrückt.

Abends musste sich Melanie zu ihnen ins Bett legen, da die beiden sonst nicht einschlafen konnten. Sie weinten oft. Es brach Melanie das Herz, aber sie konnte die Kinder nicht vor Ronalds Zugriff beschützen. Sie war dem System ausgeliefert.

Während der ganzen Zeit hoffte sie auf eine gute Lösung bei der Scheidung. Sie hatte keine Ahnung, was die Zukunft bringen würde. Die Informationen, die ihr über Ronald zugetragen wurden, machten das Ganze nicht besser. Anscheinend erzählte er überall herum, er habe die Beziehung beendet, er habe es nicht mehr ausgehalten mit dieser Hysterikerin, die sich immer mehr gehenließ, die überfordert war mit den Kindern und dem Haushalt und allem.

Und zu guter Letzt ließ er eine Bombe platzen: Sie habe ihn betrogen.

Ihre Umgebung nahm das skeptisch auf. Ein Seitensprung passte überhaupt nicht zu Melanie. Und die Idee, eine Hysterikerin lasse sich komplett gehen und verführe dann mit ihrem vernachlässigten Äußeren Fremde – das klang nun auch nicht gerade einleuchtend.

Die meisten nahmen Ronald das nicht ab, und er verwickelte sich immer mehr in Widersprüche.

Trotzdem traf es Melanie. Sie ertrug die Angriffe mehr schlecht als recht und hoffte ständig, dass es irgendwann vorbei sein würde. Sie ging regelmäßig in die Frauengruppe, die sie tatkräftig unterstützte. Anja und Susanne waren unterdessen richtige Freundinnen geworden, und auch die anderen Teilnehmerinnen kamen Melanie näher. Oft besuchten die Frauen sie in Viktorias Haus, brachten etwas zu Essen mit und standen ihr zur Seite.

Ein paar Tage später rief Ronald wieder an und bekniete sie richtiggehend. »Ich würde alles dafür tun, dass wir wieder zusammenkommen, Melanie. Glaub mir, ich meine es ernst! Ich helfe dir, deine Probleme zu lösen.«

Wie bitte? Ihre Probleme? Sein Verhalten hat er nie hinterfragt. Er glaubte tatsächlich nach wie vor, dass er perfekt sei. Diese Selbstverliebtheit war einfach absurd und widerte Melanie inzwischen richtig an. Er hatte immer nur sie kritisiert und aufgezählt, was sie alles verändern musste. Und sie war darauf reingefallen, hatte an sich gearbeitet und die Konflikte zu lösen versucht. Doch er brachte bloß wieder neue Kritik: »Es ist so schwierig mit dir, ich gebe mir so viel Mühe und dann machst du alles verkehrt.« Diese Aussage hatte sie so oft gehört, dass es ihr fast schlecht wurde. Egal was sie tat, es war nie gut genug gewesen. Und jetzt versuchte er dasselbe Spiel wieder.

Doch diesmal durchschaute sie es. Diesmal knickte sie nicht ein.

Sie blieb hart.

Da sagte er: »Gut, wenn du's nicht anders willst, dann habe ich keine andere Wahl. Du verlierst die Kinder. Für immer.«

Da stieg wieder diese Angst in ihr hoch. Diese eiskalte Angst, die sie einfach nicht beherrschen konnte.

Ronald sagte: »Glaub mir, ich werde es tun. Ich werde die Kinder töten.«

Dann legte er auf.

elanie fröstelte, schauderte, zuletzt zitterte sie am ganzen Körper.

Sie verließ das Haus.

Ging zum Auto.

Unterwegs ließ das Zittern ein wenig nach.

Als sie im Polizeiposten ankam, war sie wieder etwas ruhiger.

Sie sagte zu dem Beamten am Schalter: »Ich erstatte Anzeige. Mein Mann hat gedroht, den Kindern etwas anzutun.«

Der Polizist nahm ihre Akten hervor und blätterte darin.

Dann räusperte er sich. »Tut mir leid, aber uns sind die Hände gebunden. Im Grunde genommen können wir erst etwas tun, wenn wirklich etwas passiert ist.«

Das war der Tropfen, der das Fass zum Überlaufen brachte. Melanie rastete vollkommen aus. »Es muss also zuerst jemand sterben, bevor ihr was unternehmt!«, schrie sie. »Ihr seid ja eine schöne Polizei!«, tobte sie. »Nichts tut ihr, gar nichts! Ihr lasst einen gewalttätigen Irren herumlaufen, der droht, seine Kinder umzubringen!«

Der Beamte hob beschwichtigend die Hände. »Beruhigen Sie sich, gute Frau. Die Suppe wird meistens nicht so heiß gelöffelt, wie sie gekocht wird. So schlimm wird's schon nicht werden.«

Das verschlug Melanie die Sprache. So schlimm wird's schon nicht werden, gute Frau.

Sie starrte den Mann an. Mit einem tödlichen Blick.

Er legte die Akte weg und rief die nächste wartende Person am Schalter auf.

Draußen war es kalt. Melanie holte mit zitternden Händen ihr Handy heraus. Alex nahm gleich beim zweiten Klingeln ab.

Sie hatte Mühe, ihm ohne Schluchzen zu erklären, was vorgefallen war.

»Melanie«, sagte er. »Ich bin auf deiner Seite. Ich weiß, dass Ronald gefährlich ist. Ich werde mich im Treppenhaus vor seiner Wohnung verstecken, und sobald drinnen etwas Ungewöhnliches passiert, stürme ich die Wohnung. Du kannst dich auf mich verlassen, ich werde die Kinder beschützen. Und du weißt auch, dass du mich jederzeit anrufen kannst, Tag und Nacht. Hast du verstanden?«

Ja, sie hatte verstanden, und gleichzeitig verstand sie überhaupt nichts mehr. Alles drehte sich in ihrem Kopf. Dass Alex sich auf die Lauer legte, machte es ihr etwas leichter – sie wusste, er würde die ganze Nacht aufpassen.

Der nächste Tag brach an. Es war nichts passiert.
Die Angst blieb.
Tagelang.

Endlich kam der Tag, an dem die Trennung gerichtlich geregelt wurde. Der Winter war gnadenlos, ein kalter Wind blies durch die Stadt.

Drinnen im beheizten Gerichtssaal fand die Verhandlung statt.

Melanie weihte den Richter in Ronalds Drohungen ein.

Der Richter sagte: »Gute Frau, ich habe schon viele Leute geschieden. Ich höre tagtäglich solche Anschuldigungen von Frauen. Es klingt wahnsinnig dramatisch, und am Schluss ist es dann doch gut herausgekommen.«

Gemäß Gesetz galt normalerweise das gemeinsame Sorgerecht, und Ronald führte an: »Es ist ja aktenkundig, dass Melanie nicht grade gute Nerven hat und zu hysterischen Ausfällen neigt, was für die Zwillinge auch schon mal ganz schön gefährlich wurde. Einmal ist ihr der Junge fast aus dem Fenster gefallen.«

»Was?«, stieß Melanie ungläubig hervor. »Noah fiel fast aus dem Fenster, weil du ihn rausgehalten hast!«

Ronald lächelte. »So siehst du das also. Wie nennt man das mit der Verwechslung von Perspektiven? Halluzination? Eine natürliche Steigerungsform von Hysterie.«

»Das ist ja unglaublich!«, schrie Melanie. Sie musste aufpassen, dass sie Ronald nicht an die Gurgel ging.

Der lächelte den Richter an. »Sehen Sie? Komplett hysterisch.«

Schließlich plädierte Ronald dafür, die Kinder ganz zu bekommen.

Melanie musste sich abstützen, damit ihre Knie nicht einknickten und sie zu Boden fiel. Die Minuten bis zum Richterspruch gehörten zu den schlimmsten, die sie je erlebt hatte.

Die Kinder bei einem Mann, der von Haushalt und Erziehung keine Ahnung hatte und erst noch gedroht hatte, ihnen etwas anzutun.

Das durfte einfach nicht sein.

So schlimm kam es nicht. Melanie durfte in der Familienwohnung bleiben, Ronald musste per sofort ausziehen. Die Kinder wurden Melanie zugesprochen, doch das Besuchsrecht wurde so geregelt, dass Ronald die Kinder jedes zweite Wochenende von Freitag bis Sonntag zu sich nehmen konnte. Anscheinend hatte der Richter das Argument ihres Anwalts, dass Ronald die Kinder fremdbetreuen ließ, schwerer gewichtet als angenommen. Melanie atmete auf – es gibt doch noch Gerechtigkeit. Doch die Wochenenden bei Ronald blieben für sie eine Zerreißprobe. Sie hoffte, ihre Angst wäre übertrieben.

Ein paar Wochenenden ging es gut. Ronald ließ die Kids sogar mit ihr skypen. Wahrscheinlich, weil sie danach ruhiger waren. Melanie nahm die Videogespräche auf und schaute sie sich immer an, wenn es ihr schlecht ging. Es beruhigte sie, die Stimme ihrer Kinder zu hören und zu sehen, dass es ihnen gutging.

Seit der Trennung hatte sich Melanie im Alltag etwas entspannt. Sie musste nicht ständig Angst haben, dass Ronald durch die Tür hereinkam und eine Szene machte. Dadurch gewann sie an Leichtigkeit. Sie hatte schon lange nicht mehr so viel mit den Kindern gelacht und mit ihnen gekuschelt wie in der letzten Zeit.

Mit der Zeit lernte Melanie, mit ihren Ängsten umzugehen. Trotzdem war sie sonntags jedes Mal erleichtert, wenn sie die Kinder bei Ronald unbeschadet zurückbekam.

Er versuchte zwar, die Zwillinge gegen sie aufzubringen, indem er ihnen alles Schlechte über Melanie erzählte, was ihm nur einfiel, und unverfroren Lügen erfand. Doch damit konnte sie einigermaßen leben. Die Kinder waren gut zwei Jahre alt und verstanden noch nicht alles, was er sagte. Hoffte sie immerhin.

Dann kam das Wochenende, an dem sich alles änderte, an dem sich Melanies Welt für immer verschob. Die Kinder waren bei Ronald.

Am Nachmittag rief er an, mit einer unterdrückten Nummer. »Ich gehe jetzt mit den Zwillingen weg. Ich melde mich heute Abend um zwanzig Uhr. Dann töte ich sie. Versuch nicht, mich zu finden. Wenn du Alex oder die Polizei einschaltest, sind die Kinder schon vorher tot.«

Melanie schluckte.

Dann begann sie zu flehen. »Ronald, tu das nicht! Wir finden einen Weg, wir kommen wieder zusammen! Ganz bestimmt! Ich schwör's!«

»Zu spät«, antwortete er kalt. »Du hast mich gedemütigt. Dachtest du wirklich, du kommst ungeschoren davon? Wie naiv du doch bist. Ich werde unsere Kinder umbringen, und du wirst nie wissen, wo sie sind und sie nie finden. Dann verschwinde ich und beginne irgendwo ein neues Leben. Du wirst kläglich verenden und dich nie mehr von diesem Schlag erholen, dein ganzes Leben lang nicht. Und wer ist verantwortlich für all das? Du, nur du allein, du trägst die volle Schuld. Lebe damit!«

Melanie drehte durch. Sie steckte das Handy ein und raste zur Polizei, überfuhr Rotlichter, jagte mit übersetzter Geschwindigkeit über Kreuzungen.

Vor dem Polizeiposten stellte sie das Auto quer hinter geparkten Streifenwagen ab und rannte die Treppe hoch.

Sie atmete ganz flach, als sie den Schalter erreichte. Da zog es ihr das Herz zusammen.

Im Dienst war derselbe Beamte, der sie schon mal abgewimmelt hatte.

Er rollte mit den Augen, als er sie sah.

»Bitte hören sie mich an!«, flehte sie. »Diesmal ist es wirklich ernst! Mein Mann hat die Kinder und er hat mir gerade am Telefon gesagt, dass er sie umbringt!«

»Sie waren ja schon öfter hier«, sagte der Mann. »Ich kann Ihnen nur immer wieder das Gleiche sagen. Warten Sie vierundzwanzig Stunden, und wenn er die Kinder dann nicht zurückbringt, melden Sie sich wieder.«

Melanie versuchte sich zu beherrschen und nicht loszuschreien. »Bitte – er hat am Telefon gesagt, er bringt sie heute Abend um zwanzig Uhr um!«

Der Beamte rollte wieder mit den Augen. »Ehrlich gesagt habe ich das Gefühl, Sie unterstellen ihrem Mann diese Dinge nur. Gegen ihn liegt nichts vor, nicht das Geringste, und im persönlichen Gespräch wirkt er immer ruhig und besonnen.«

»Diesmal ist es anders, glauben Sie mir!«, beschwor sie den Polizisten. »Bitte machen Sie ihn ausfindig, bevor er die Kinder tötet! Sie können doch sein Handy orten! Ich bitte Sie inständig!«

»Tut mir leid«, sagte er und rief die nächste Person an den Schalter.

Melanie wurde schwarz vor Augen.

Sie wandelte wie im Traum nach draußen. Ein Bußenzettel steckte unter ihrem Scheibenwischer. Ein paar Streifenbeamte schüttelten den Kopf, als sie sie kommen sahen. Melanie war es egal. Sie setzte sich ins Auto und wählte mit letzter Kraft Alex' Nummer.

»Wo ist Ronald?«, fragte er.

»Ich weiß es nicht«, antwortete Melanie leise. »Ich weiß nur, dass er die Kinder in wenigen Stunden umbringt.«

»Ich kümmere mich darum,« sagte Alex und legte auf.

Ronald schloss in einem Schrebergartenhaus die Fenster.

Im Zimmer war es dunkel.

Er zündete überall Kerzen an.

Dann rief er Melanie von seinem Laptop auf Skype an.

»Wo bist du?«, stieß sie hervor. Sie versuchte, so ruhig wie möglich zu sprechen, obwohl sie fast umkam vor Angst.

»An einem schönen Ort«, sagte Ronald. »Dem richtigen Ort für die Kinder, um zu sterben.«

»Wie geht es ihnen? Sind sie…«

»Es geht ihnen gut. Sieh sie dir an!«

Noah und Tina kamen vor den Bildschirm. »Hallo Mami!«, rief Tina. »Mmm, Nudeln mit viel Ketchup, lecker!«

Beide rieben sich die Bäuche. »Und Schokoladen-Pudding, wie am Geburtstag!«

Ihre Äuglein leuchteten. Sie hatten keine Ahnung, was auf sie zukam.

Melanie traten Tränen in die Augen. Vielleicht war es das letzte Mal, dass sie ihre Kinder lebend sah.

»Haben wir nicht zwei tolle Kids?«, lächelte Ronald kalt.

»Ja«, sagte Melanie verzweifelt. »Das haben wir beide richtig gut gemacht, wir zwei, du und ich. Und wir finden uns wieder, versprochen! Wir fangen ganz neu an, und dann wird es noch viel schöner als beim letzten Mal!«

Er stieß ein Lachen aus. »Vergiss es, Schätzchen. Auf deine billigen Tricks falle ich nicht herein! Hast du das vom Psychologen gelernt? Oder bei dieser Viktoria-Tante?«

»Papa«, sagte Noah. »… müde…«

»Legt euch hin, ihr beiden Schätze. Hier sind weiche Decken. Ich baue euch ein Nest.«

Die beiden legten sich hin. Melanie fragte sich, ob er ihnen etwas ins Essen getan hatte.

Geschockt sah sie zu, wie schnell die beiden einschliefen. Ronald hielt mit der Kamera drauf. Sie lagen da wie zwei Engel.

Ganz ruhig und friedlich.

»Ronald, sag, dass du ihnen nichts tust. Du liebst sie doch auch. Und sie können doch nichts dafür.«

»Okay«, sagte er und richtete den Laptop mit der Kamera wieder auf sich. »Du hast Recht, sie können nichts dafür, deshalb sollen sie auch nicht leiden, sie werden nichts spüren. Nur du sollst leiden, für den Rest deines Lebens.«

»Nein!«, schrie sie mit der Hand vor dem Mund erstickt auf.

Er sah ihr direkt in die Augen. »Melanie, ich rauche jetzt eine Zigarette und erzähle dir was Schönes. Und wenn die Zigarette aus ist, bringe ich sie um.«

Er hob eine Axt ins Bild. »Es wird ganz schnell gehen. Sie werden nichts davon mitbekommen.«

Er strich mit eigenartiger Zärtlichkeit über die scharfe Klinge. »Ich habe sie am Tag unserer offiziellen Trennung gekauft und für diesen besonderen Moment hier aufbewahrt.«

Er nahm einen weiteren Zug.

Sie starrte wie gelähmt in seine Augen. Ihre Kehle war vollkommen ausgetrocknet, sie brachte keinen Ton heraus.

»Wenn die Kleinen tot sind, nehme ich sie mit und lasse sie verschwinden. Du wirst sie nie finden und wirst so auch keinen Ort zum Trauern haben.«

Noch ein Zug. Die Zigarette war schon zur Hälfte aufgeraucht.

»Meine geheimen Konten sind randvoll.« Er stieß Rauch aus. »Ich habe mir eine neue Identität verschafft. Du wirst mich nie finden. Ich werde in Saus und Braus leben, und du wirst nie mehr aus diesem Alptraum hier aufwachen. Genauso, wie du es verdient hast.«

Er nahm einen weiteren Zug. Jetzt blieb nicht mehr viel übrig.

Melanie hatte immer geglaubt, sie würde einen solchen Moment nicht überleben. Doch sie blieb am Leben.

Sie schrie.

Sie bettelte.

Sie flehte.

Doch es brachte nichts. Im Gegenteil. Er schien es zu genießen.

Er grinste eiskalt.

Dann nahm er den letzten Zug und drückte die Zigarette aus.

elanie stockte der Atem. Gelähmt sah sie zu, wie Ronald vor die Kinder trat.

Er hob die Axt.

Ließ sie niedersausen.

Melanie schrie auf.

Ronald schaute lachend in die Kamera. »Das war doch nur der Teddy, du Dummerchen.«

Sie kam nicht dazu, erleichtert aufzuatmen.

Denn nun wurde Ronalds Blick starr.

»Aber jetzt«, sagte er, »jetzt gilt es ernst.«

Erneut hob er die Axt.

Zielte. Und…

In diesem Moment krachte im Hintergrund die Tür auf.

Zwei Polizisten stürmten in den Raum.

Hinter ihnen Alex mit einer Pistole im Anschlag. »Waffe weg!«, rief er.

Ronald schaute ihn kurz an.

Grinste.

Und ließ die Axt niedersausen.

Gleichzeitig fiel ein Schuss.

Der Knall erschütterte das Kamerabild.

Ronald brach vornüber zusammen.

Die Axt fiel gegen die Kinder.

Blut spritzte in alle Richtungen.

Alex rannte hin, doch ein Kollege hielt ihn zurück. »Lass mich das machen, du gehst jetzt besser raus – Schusswaffengebrauch im Dienst, wir kriegen sonst Ärger.«

Alex konnte den Blick kaum abwenden.

Doch er zwang sich, zu gehen – der Kollege hatte Recht.

Der andere Beamte sprach in sein Schulterfunkgerät. »Wir brauchen den Notarzt, schnell! Und schickt die Spurensicherung und die Interne her.«

Melanie starrte auf den Bildschirm. Allmählich erwachte sie aus der Schockstarre.

»Was ist mit den Kindern?!«, schrie sie.

In diesem Moment realisierten die Polizisten, dass im Raum ein Laptop lief und eine Skype-Übertragung aktiv war.

Sie gingen hin und klappten den Laptop zu.

Der Bildschirm wurde vor Melanies Augen schwarz.

Stille breitete sich aus.

Im Zimmer und in Melanie drin.

Stille und Panik.

Alex trat vor das Schrebergartenhaus hinaus und rief Melanie an.

Sie hob ab. »Ja«, sagte sie mit einer seltsam gefassten Stimme, wie gefroren.

»Melanie«, sagte er. »Ich höre drinnen Kindergeschrei…«

»Von beiden?«, fragte sie.

»Ich weiß es nicht«, sagte Alex und begann zu weinen.

Ein gestandener Mann, der an der Hüttenwand lehnte und hemmungslos weinte.

»Alles wird gut, Alex«, hörte Melanie sich selbst sagen.

Sie hatte keine Ahnung, woher ihre gefrorene Stimme kam.

»Komm in die Klinik«, sagte Alex. »Sie bringen sie in die Klinik. Wir treffen uns dort.«

Wie sie dorthin gelangte, wusste Melanie später nicht mehr.

Sie traf Alex in der Halle.

Er sagte etwas zu ihr.

Sie hörte ihn nicht.

Er griff an ihr Ohr und hob den Kopfhörer hoch. »Stell die Musik ab, Melanie. Nimm die Kopfhörer ab.«

Hatte sie die aufgesetzt? Sie konnte sich nicht erinnern.

Ein Arzt kam und führte sie in ein privates Wartezimmer. Er werde sie in Kürze informieren. Dann eilte er weg.

Melanie und Alex saßen drinnen nebeneinander. Allmählich realisierte Melanie, was eigentlich passiert war. Die Skype-Szene fiel ihr wieder ein. Hatte die Axt die Kinder getroffen? Waren beide tot? Oder eines?

Die Spannung war unerträglich.

Ob Alex es geschafft hatte, rechtzeitig in der Hütte einzutreffen und die Kinder zu retten?

Sie sah ihn an. »Wie hast du ihn überhaupt gefunden? Woher wusstest du, wo Ronald ist?«

»Die Teddys.« Alex blickte geradeaus zur weißen Wand gegenüber.

»Was? Die Teddys?«

Er nickte. »In beiden waren GPS-Sender drin. Du weißt ja, ich hatte immer ein ungutes Gefühl bei Ronald, und ich hoffte, die Kinder würden die Teddys immer dabeihaben, wenn es darauf ankam.«

»Du hast es schon immer gewusst.«

Wieder nickte er. »Ich wusste, ihm ist alles zuzutrauen. Und ich habe dafür vorgesorgt, Gott sei Dank.«

Melanie nahm den Blick nicht von ihm. »Du hast mich die ganze Zeit gewarnt, und ich hab's nicht geschnallt.«

Alex schluckte. »Das Signal war schwach, grade noch am Rand der möglichen dreißig Kilometer. Doch je näher wir kamen, umso stärker wurde es. Ich habe zwei Kollegen überredet, mit mir zu kommen. Der Einsatz war von daher nicht ganz sauber, aber das ist mir vollkommen egal.«

»Und wo ist diese Hütte?« Melanie wollte alles wissen – reden half ihr, die Spannung besser zu überbrücken.

»Im Schrebergartenhäuschen eines Bekannten. Der Besitzer war in den Ferien, außerdem war die Siedlung leer, im Winter lässt sich dort keiner blicken. Es scheint, dass Ronald das Ganze schon lange geplant hatte.«

Die Tür ging auf, und Melanie ruckte hoch. Hereinkam aber nicht der Arzt, sondern der Polizeikommandant.

Alex wusste sofort, dass es Ärger geben würde. »Geh bitte raus, Melanie«, sagte er. »Vielleicht darfst du jetzt zu deinen Kindern. Ich komme dann nach.«

Melanie stand auf und ging zur Tür.

Der Kommandant räusperte sich. »Es ist mir unangenehm, Alex, aber ich muss dich festnehmen.«

Melanie blieb stehen. »Aber er hat doch nichts falsch gemacht, er hat die Kinder gerettet!«

Der Kommandant sah sie an. »Er wird angeklagt, seinen Schwager umgebracht zu haben. Ob es Notwehr und die Tat angemessen war, oder ob man sie anders hätte verhindern können, wird ermittelt. In der Zwischenzeit bleibt Alex in Untersuchungshaft.«

»Das wird ja immer schöner!«, stieß Melanie hervor. »Der Täter wird zum Opfer gemacht!«

Der Kommandant schaute zu Boden. »Die Sache ist eben leider nicht so eindeutig. Die beiden anwesenden Kollegen haben einen Mann gesehen, der mit einer Axt einen Teddy angegriffen hat. Das ist nicht strafbar. Ob er die Kinder wirklich umbringen wollte, ist unklar. Und der mutmaßliche Täter selbst kann momentan nicht einvernommen werden.«

»Er lebt also noch.« Melanie war sich nicht sicher, ob das eine gute oder eine schlechte Nachricht war.

Der Kommandant nickte und streckte Alex die Hand hin. »Dienstwaffe und Ausweis, bitte.« Alex wurde abgeführt.

Konnte es noch schlimmer werden? Draußen fragte Melanie schließlich eine vorübereilende Krankenschwester, wie es den Zwillingen ging.

»Der Arzt kommt sofort«, sagte diese bloß.

In diesem Moment bog der Arzt um die Ecke. Er kam zu Melanie und führte sie in die Notaufnahme.

Beim Wort Notaufnahme schnürte es Melanie die Luft ab. Oh Gott, bitte mach, dass den Kindern nichts Schlimmes geschehen war – und dass noch beide leben!

Die Minuten, bis sie beim richtigen Zimmer ankamen, waren die längsten in ihrem Leben.

Sie trat an die Bettchen.

Betrachtete ihre beiden Kinder.

Tina und Noah lagen da wie Engel.

Atmeten sie?

Melanies Beine sackten ein.

Sie musste sich am Bettrand aufstützen.

Der Arzt schob rasch seine Hand in ihre Armbeuge und hielt sie.

Die Zwillinge trugen Spital-Pyjamas mit bunten, fröhlichen Bildern.

Sie sahen so klein und zerbrechlich aus.

Melanie blickte ängstlich den Arzt an. »Wie... wie geht es ihnen?«

»Sie haben großes Glück gehabt«, sagte der Arzt mit einer tiefen Stimme. »Die Axt traf haarscharf an Noahs Kopf vorbei ins Kissen. Das Metall streifte Noahs Stirn und wird einen blauen Fleck hinterlassen.«

»Und das Blut? Alex hat gesagt, da war überall Blut...«

»Das stammte vom mutmaßlichen Täter. Die Schusswunde hat stark geblutet.«

Melanie schluckte. »Aber den Kindern ist nichts passiert?«

»Nichts Körperliches«, antwortete der Arzt. »Wie sie das Trauma verarbeiten, wird sich zeigen. Aber wir haben sie gründlich untersucht, es ist alles in Ordnung. Sie können sie nach Hause nehmen.«

Melanie atmete auf.

Sie beugte sich über Tina.

Die Kleine öffnete die Augen. »Mami«, sagte sie mit verschlafenem Stimmchen. Ein Lächeln legte sich auf ihr Gesichtchen.

Melanie wusste, dieses Lächeln würde sie nie mehr vergessen, in ihrem ganzen Leben nicht.

Tina schlief wieder ein, und Melanie beugte sich nun über Noah. Er schlief tief und fest.

Sie richtete sich wieder auf.

Ihre Schultern begannen zu zucken.

Aus ihrem tiefsten Inneren bahnte sich ein Schluchzen aus ihr heraus. Sie begann hemmungslos zu weinen.

Der Arzt räusperte sich. »Ich lasse Sie jetzt allein mit den Kindern. Eine Schwester wird Ihnen beim Fertigmachen helfen.«

Gleich darauf kam die Schwester. Sie brachte Wolldecken, um die Kinder für die Heimfahrt einzuwickeln. Die blutigen Kleider ließ Melanie zurück. Sie wollte sie nie mehr sehen. Nie mehr an diese Horrornacht erinnert werden.

Melanie fuhr mit den Kindern nach Hause. Sie brachte die Kinder ins Bett und legte sich zu ihnen.

Sie roch an ihnen und küsste sie immer wieder.

Sie war todmüde und gleichzeitig hellwach.

Alles brauste ihr durch den Kopf, schlimme Szenen dieses Tages, aber im Ganzen überwog die unendliche Erleichterung, dass die Kinder neben ihr lagen und lebten.

Irgendwann fielen ihr die Augen zu. Sie schlief ein, ohne es zu merken.

Zur gleichen Zeit kam Ronald in der Klinik zu Bewusstsein. Er war im Bauchraum verletzt, Schmerzen spürte er keine, wahrscheinlich war er mit Schmerzmitteln vollgepumpt.

Sein Kopf war unversehrt, sein Denken klar.

Als zwei Pfleger ins Zimmer kamen, ließ er sich nicht anmerken, dass er wach war, und lauschte, was sie sprachen.

»Den haben sie mit einer Axt in der Hand in einem Gartenhaus erwischt. Den Kindern ist zum Glück nichts geschehen, die konnten vorhin wieder mit der Mutter nach Hause. Und weißt du, was sie in dem Gartenhaus sonst noch gefunden haben?«

»Keine Ahnung. Was denn?«

»Eine Sporttasche voller Geld – bestimmt eine Million!«

»Wow, damit würde ich auf Weltreise gehen!«

»Es kommt noch besser. In der Tasche waren auch gefälschte Ausweise drin. Anscheinend wollte der Typ abhauen. Daraus wird jetzt vorläufig nichts.«

Die Pfleger wechselten Flüssigkeitsbehälter mit Medikamenten aus, kümmerten sich um die Schläuche.

»Aber das Beste kommt noch. Weißt du, wer ihn angeschossen hat? Sein Schwager, ein Polizist. Anscheinend waren sie verkracht. Wenn der da stirbt, kommt der Bulle wegen Mordes dran.«

»Die Bullen haben manchmal wirklich das Gefühl, sie könnten sich alles erlauben und ihre Probleme auf diese Art lösen.«

»Verrückte Welt.«

Die Pfleger verließen das Zimmer.

Ronald schlug die Augen auf.

Den Kindern war nichts geschehen.

Noch nicht.

Aber er lebte noch.

Aus dieser Geschichte käme er ohnehin nicht mehr raus. Er hatte alle Bankkonten, auch die mit dem Schwarzgeld, geleert, und das Geld lag jetzt in der Sporttasche bei der Polizei. Sie würden bestimmt auch das Schlafmittel finden, das er den Kindern verabreicht hatte. Er würde hinter Gitter kommen und alles verlieren, was ihm wichtig war. Alles.

Doch ein Letztes konnte er noch erledigen. Für ihn spielte es eh keine Rolle mehr. Aber Melanie für den Rest ihres Lebens leiden zu lassen – dafür lohnte sich ein…

letzter Einsatz.

Mit aller Kraft richtete er sich im Bett auf.

Riss die Schläuche aus seinen Armbeugen.

Wankte zum Wandschrank, um sich anzuziehen – wenigstens so viel, dass er die Klinik verlassen konnte, ohne aufzufallen.

Doch als er die Hose überstreifen wollte, stach ihm ein so heftiger Schmerz in den Bauch, dass ein Blitz vor seine Augen zuckte.

Ihm wurde speiübel.

Er stützte sich am Schrank auf.

So käme er nicht weit. Keine zehn Meter.

Im Fach vor sich sah er neben seiner Brieftasche sein Aspirin-Röhrchen liegen.

Weg von hier kam er nicht mehr. Aber er hatte eine andere Idee.

Der Pfleger hatte gesagt, wenn der Typ stirbt, kommt der Bulle wegen Mordes dran.

Lexchen hatte er ohnehin nie leiden können. Und Melanie auf diese Art schreckliche Schmerzen zuzufügen, wäre auch nicht schlecht.

Ronald griff nach dem Röhrchen, öffnete es und nahm sämtliche Tabletten in den Mund.

Das Röhrchen legte er wieder an dieselbe Stelle zurück.

Er wankte zum Bett, schluckte die Tabletten mit Wasser aus dem Glas vom Nachttisch hinunter und legte sich wieder hin.

Jetzt brauchte er nur noch zu warten, bis die Pillen das Blut soweit verdünnen würden, dass es aus der geplatzten Bauchwunde strömte. Es war eine Frage der Zeit, bis er verbluten würde.

Eine schwere Schläfrigkeit erfüllte ihn.

Er sah sich noch einmal mit Melanie vor sich.

Wie sie sich verliebt hatten.

Ihre vollkommene Liebe.

Wie hatte es nur soweit kommen können?

Er hatte keine Ahnung.

Nicht die geringste Ahnung.

Am Morgen erhielt Melanie die Nachricht, dass Ronald in der Nacht seinen schweren Verletzungen erlegen war.

Sie wusste nicht, ob sie sich freute oder ob sie traurig war. Irgendwie fühlte sie überhaupt nichts.

Sie war stumpf.

Ja, jetzt war sie in Sicherheit. Aber ihre Kinder hatten keinen Vater mehr.

Sie hatte immer Angst gehabt, alleinerziehend zu sein, und jetzt war es eingetroffen.

Sie dachte zurück an ihre Zeit mit Ronald. Sie hatten auch gute Momente gehabt, waren so verliebt gewesen, so glücklich.

Wo war die Liebe bloß hingegangen?

Sie hatte nun die schwierige Aufgabe, den Kindern zu erklären, dass es ihren Papa nicht mehr gab. Das wollte sie nicht auf die lange Bank schieben, obwohl sie keine Ahnung hatte, wie die Kleinen diese Botschaft mit ihren zwei Jahren aufnehmen würden.

Sie bereitete Apfelküchlein zu, das mochten die Zwillinge besonders.

Am Tisch erzählte sie ihnen, Papa sei gestorben.

Sie schauten sie fragend an.

»Papa ist jetzt im Himmel«, hörte Melanie sich sagen. Ob das stimmte, wusste sie zwar nicht, aber die Kinder würden es vielleicht auf diese Weise am besten verstehen.

»Papa Engel?«, fragte Tina.

Melanie nickte.

Damit waren die Kinder im Augenblick zufrieden. Die Fragen kämen später. Bestimmt würde sie noch oft mit den Kindern darüber sprechen.

Am Nachmittag rief Melanie Alex an. Sie konnte ihn nicht erreichen. Also versuchte sie es bei Marianne, die bitterlich weinte. Der Staatsanwalt hatte Untersuchungshaft angeordnet, die Verdunklungsgefahr sei zu groß. Alex durfte niemanden kontaktieren. Die internen Ermittlungen deuteten auf Mord hin. Es passte alles zusammen: Dass Alex wusste, wo Ronald war. Dass er in letzter Sekunde zwei unvorbereitete Kollegen mitgenommen hatte. Dass er auf Ronald schoss, obwohl keine beweisbare unmittelbare Gefährdung bestand. Und dass er nicht auf die Beine, sondern auf den Bauch gezielt hatte.

So sah es aus.

Melanie drehte fast durch, weil sie Alex nicht helfen konnte. Das war eine himmelschreiende Ungerechtigkeit, und sie konnte nichts dagegen tun.

A m nächsten Tag brachte Melanie die Kinder in die Kita und fuhr zu ihren Eltern.

Romy sah schlecht aus. Das Atmen fiel ihr sichtlich schwer, selbst wenn sie bloß im Bett lag.

Hans brachte Tee, und sie redeten lange zu dritt miteinander.

Es war schön und gleichzeitig sehr traurig, Mutter so zu sehen.

Dann erkundigte sich Vater, wie es mit dem Verfahren von Alex stand.

Melanie erzählte, was sie wusste, kannte aber den allerneusten Stand nicht. »Wir könnten Marianne anrufen oder skypen«, schlug sie vor.

Sie holte ihr Tablet hervor und schaltete Skype ein. Darauf war das letzte Videogespräch gespeichert.

Melanie blieb fast das Herz stehen, als sie die Szene in dem Schrebergartenhaus sah.

Sie realisierte, dass sie den Beweis für Alex' Unschuld in den Händen hielt.

Melanie nahm ihr Tablet und rannte aus der Wohnung.

Romy und Hans schauten ihr verwirrt hinterher.

Im Polizeipräsidium fragte Melanie sich zum Staatsanwalt durch. Erst als sie glaubhaft machen konnte, dass sie entscheidendes Beweismaterial dabeihatte, ließ man sie vorsprechen. Sie hatte Glück, dass der Staatsanwalt überhaupt im Dienst war.

Sie trat in sein Büro und schluckte.

Sie trat vor den Staatsanwalt und legte ihr Tablet auf den Tisch.

Immerhin ging es um einen verdienten Polizisten, der sich in seinen ganzen Dienstjahren nie auch nur eine Kleinigkeit zuschulden kommen ließ. Er hatte eine Chance verdient.

Melanie drückte auf Play. Der Staatsanwalt betrachtete das Video auf dem Tablet. Der Ton war so laut aufgedreht, dass alles Gesprochene einwandfrei zu verstehen war.

Der Film endete.

Der Staatsanwalt war still.

Dann räusperte er sich. »Danke. Ich werde das Beweismaterial prüfen lassen und an die entsprechende Stelle weiterleiten. Gut gemacht.«

Melanie hatte das Gefühl, dass er erleichtert war. Es war bestimmt nicht angenehm, gegen einen Polizisten zu ermitteln.

Aufgrund der neuen Beweislage wurde Ronalds Leiche gerichtsmedizinisch untersucht. Das leere Aspirin-Röhrchen, das sie für bedeutungslos gehalten hatten, wurde zur heißen Spur. In seinem Blut konnte das blutverdünnende Mittel nachgewiesen werden. Dadurch wurde einwandfrei festgestellt, dass sich Ronald selbst umgebracht hatte.

Für Melanie war das eine wichtige Information. Ronald war freiwillig aus dem Leben geschieden. Er hatte es so gewollt. Das nahm den letzten Schatten von Alex' Schuss auf ihn.

Trotz der klaren Beweislage dauerte das Verfahren seine Zeit. So war das nun mal. Aber am Ende kam alles gut. Die Anklage wurde fallen gelassen und Alex wurde aus der Untersuchungshaft entlassen. Marianne und Melanie holten ihn vom Gefängnis ab.

Draußen im Gang drückte er die Frauen an sich.

Zu Melanie sagte er: »Danke, dass du mich da rausgehauen hast. Du bist die beste Schwester der Welt!«

Sie lächelte. »Und du der beste Bruder der Welt.«

»Und?« fragte Marianne neugierig, »was haben sie genau entschieden?«

»Freispruch in allen Punkten«, strahlte Alex. »Sie haben mich sogar gelobt, ich hätte tatsächlich den Kindern das Leben gerettet!«

»Jetzt bekommst du bestimmt einen Orden!«, lächelte Melanie.

»Den brauche ich gar nicht. Es reicht mir völlig, weiter im Dienst bleiben zu können.«

Er legte den Arm um seine Lieblingsfrauen, und sie verließen das Gefängnis.

Der harte Winter wurde milder, der Frühling löste ihn ab. Die ersten Blumen bahnten sich einen Weg durch die löchrige Schneedecke. Der Alltag kehrte wieder ein. Es hatte etwas Beruhigendes. Melanie erhielt Nachricht vom Gericht. Nachdem alles geklärt worden war, ging das Geld, das Ronald unterschlagen hatte, an sie. Nach Abzug der Strafsteuern blieb davon nicht so viel übrig wie erhofft, aber Melanie war das egal. Sie wusste, dass sie mit ihrem Fleiß und ihrem Ehrgeiz wieder auf einen grünen Zweig kommen würde. Und ein Startguthaben hatte sie bis dahin ja zumindest.

Mutters Gesundheitszustand beschäftigte sie dafür umso mehr. Ihr Zustand verschlechterte sich drastisch. An einem nebligen Sonntagnachmittag rief Hans Melanie an und bat sie, sofort zu kommen.

Melanie ahnte, was das bedeutete.

Sie nahm die Kinder mit, weil es ihr wichtig war, dass sie ihre Großmutter noch einmal sehen konnten.

Romy freute sich sehr darüber. Hans ging mit den Kindern in die Küche, um eine kalte Schokolade für sie zuzubereiten.

Melanie blieb bei Romy und setzte sich auf die Bettkante.

Romy richtete sich ein bisschen auf, nahm mühevoll etwas vom Nachttisch.

Es war ihre weiße Rolex Daytona. »Hier«, sagte sie mit trockener Stimme. »Die letzte Zeit mit dir war das größte Geschenk in meinem Leben.« Sie atmete schwer. »Die Uhr soll dich immer daran erinnern, dass... dass ich dich liebe.«

Melanie liefen die Tränen über das Gesicht. Sie nahm die Uhr und zog sie an. Sie passte perfekt an ihr Handgelenk. »Danke von Herzen, Mama«, sagte sie mit stockender Stimme. »Immer wenn ich auf die Uhr blicke, werde ich an dich denken. Ich liebe dich auch.«

Sie beugte sich vor, und die beiden Frauen umarmten sich lange.

Dann kamen die Kinder wieder herein. Sie betrachteten ihre Großmutter, die nur noch ganz schwach atmete.

»Omi«, sagte Noah. »Gehst du zu den Engeln?«

Romy lächelte. »Ja, ich gehe zu den Engeln.«

In diesem Moment traten auch Alex und Marianne in den Raum.

Alle scharten sich um das Krankenbett.

Hans hielt Romys Hand.

Romy lächelte. »Ich bin glücklich. Ich liebe euch.«

Dann schloss sie die Augen.

Und atmete ein letztes Mal aus.

INTERVIEW MIT FRANK URBANIOK

Frank Urbaniok, 1962 in Köln geboren, ist forensischer Psychiater. Von 1997 bis 2018 war er Chefarzt des Psychiatrisch-Psychologischen Dienstes des Kantons Zürich. Er entwickelte mit dem FOTRES (Forensisch Operationalisiertes Therapie- und Risiko-Evaluations-System) ein eigenes Instrument für Risikobeurteilungen bei Straftätern, das mittlerweile in verschiedenen Ländern zum Einsatz kommt. Er setzt sich für eine verstärkte Berücksichtigung präventiver Aspekte in der Rechtsprechung ein und spricht sich in diesem Zusammenhang für eine bessere Verankerung des Präventionsprinzips für den Schutz (potenzieller Opfer) aus.

Herr Urbaniok, wie würden Sie die hervorstechenden Merkmale einer narzisstischen Person beschreiben?

Da ist erst mal diese großartige Selbstinszenierung. Der Narzisst hält sich wirklich für etwas vollkommen Besonderes, für absolut außergewöhnlich. Das geht weit über Egoismus und Selbstbezug hinaus. Es gibt natürlich auch andere Menschen, die egoistisch sind. Aber die großartige Selbstinszenierung ist immer mit ausgeprägtem Egoismus und Selbstbezug verbunden. Der Narzisst will permanent anerkannt, gelobt oder am liebsten bewundert werden – auch für Dinge, die völlig banal sind.

Ein wichtiger Punkt ist auch mangelndes Mitgefühl, mangelnde Empathie ...

Genau. Auch andere Persönlichkeitsauffälligkeiten gehen mit mangelnder Empathie einher, aber beim Narzissten ist sie eine

Folge der enormen Selbstinszenierung. Daraus folgt die starke Orientierung auf sich selbst. Der damit verbundene Egoismus führt dazu, dass man gegenüber anderen Menschen weniger aufmerksam ist und dass die anderen nicht gleichrangig, nicht gleichwertig sind. Ebenso folgt daraus eine übersteigerte Kränkbarkeit.

Können Sie das genauer ausführen?

Die gesteigerte Kränkbarkeit des Narzissten geht weit über eine normale Empfindlichkeit hinaus. Anders als Ärger und Frustration ist Kränkung ein Gefühl tiefer persönlicher Verletzung. Dabei nehmen bei der gesteigerten Kränkbarkeit Kleinigkeiten ein übertriebenes Ausmaß an: Die Auslösbarkeit der Kränkungsreaktion ist äußerst niederschwellig und die Intensität unverhältnismäßig hoch. Eine weitere Dimension der Kränkbarkeit ist: Der Narzisst ist sehr nachtragend, er kann fast nicht verzeihen. Er wirft Ihnen noch in zwanzig Jahren ein längst vergessenes Ereignis vor. Die extreme Kränkbarkeit ist eine zentrale Eigenschaft eines Narzissten, die den Umgang mit ihm sehr schwierig macht.

Gibt es weitere typische Merkmale einer narzisstischen Persönlichkeitsstörung?

Typisch ist auch ein übersteigertes Verlangen nach Bewunderung. Narzissten fordern von allen anderen Bewunderung und Anerkennung und nehmen es enorm übel, wenn sie die nicht erhalten. Durch Anerkennung und Bewunderung wird das Gefühl eigener Großartigkeit aufgepumpt. Darum sind Narzissten darauf angewiesen, dass die äußere Zufuhr von Anerkennung und Bewunderung nicht abbricht. Deswegen können Narzissten auch sehr wütend werden, wenn sie das Gefühl haben, nicht genügend bewundert zu werden.

Sehen Sie Beispiele von narzisstischen Menschen in der Öffentlichkeit?

Ich bin kein Fan von Ferndiagnosen. Aber bei Donald Trump sieht man einige dieser Mechanismen sehr gut. Er nimmt Dinge enorm persönlich, und dann kommen sofort Wut und Kränkung. Aus diesen Gefühlen heraus versucht er seine vermeintlichen Gegner zu erniedrigen oder im übertragenen Sinne zu vernichten.

Wird man mit der Persönlichkeitsstruktur eines Narzissten geboren oder ist das anerzogen?

Das weiß man nicht genau. Es gibt sicher Menschen, bei denen das früh angelegt ist als Disposition. Aber man kann das Verhalten wohl auch erwerben durch frühkindliche Erlebnisse, dies vor allem dann, wenn vorher schon eine gewisse Grunddisposition vorhanden ist.

Ich habe gelesen, dass Narzissten oft »Übermütter« haben. Stimmt das?

Ich glaube das nicht. In diesen Untersuchungen gibt es oft die typischen Rückschaufehler – »Übermütter« sind schon für alles Mögliche angeschuldigt worden, was es an Störungen in der Psychiatrie gibt. Diese Theorie bewegt sich auf sehr dünnem Eis.

Gibt es eine Tendenz bezüglich Häufigkeit Mann oder Frau?
Im Moment sieht es nach einem klaren Männerüberhang aus.
Es gibt auch viele Indizien dafür, dass Narzissmus eher eine
Männergeschichte ist. Aber das kann auch eine Selektion sein
in dem Sinne, dass man's bei Männern mehr wahrnimmt und
es bei Frauen andere Formen hat, die weniger beachtet werden. So wird das auf jeden Fall von manchen Fachleuten beschrieben.

Was wären dann bei einer Frau die Merkmale des Narzissmus?
Entscheidend sind immer die übertriebene Kränkbarkeit und
die großartige Selbstinszenierung. Egal ob Mann oder Frau,
das sind notwendige Kriterien. Auch narzisstische Frauen sind
auf Aufmerksamkeit und Bewunderung angewiesen, und
wenn das ausbleibt, reagieren sie mit Kränkbarkeit und Wut.
Aber während es bei Männern oft zu einer typisch männlichen
Selbstinszenierung kommt mit der Fokussierung auf Macht,
Beruf und Status, kann es durchaus sein, dass es bei Frauen
über andere Dinge geht, übersteigerte Schönheitsideale oder
etwa über die Kinder, die dann super erfolgreich sein müssen.
Da sieht man auch wieder dieses Übertriebene – es muss das
ganz Besondere, das Einzigartige sein. Thematisch ist es also
ähnlich, nur in einem anderen Bereich.

**Der Narzisst hat ein Bild von sich, das er verherrlicht – die
Co-Narzisstin bedient dieses auch, hat zusätzlich aber noch
eigene Bilder für sich. Etwa im Beispiel Trump: Melania
stärkt Donald den Rücken und tut viel für ihn, damit er sei-**

ne Position halten kann – darüber hinaus bedient sie aber auch Ideale von sich selbst: Die perfekte Frau, die perfekte Mutter … Warum gibt es so viele Frauen, die einem Narzissten verfallen?

Zum einen ganz banal: Weil die Inszenierung von Großartigkeit am Anfang attraktiv ist. Solange man die Schattenseiten noch nicht sieht, ist der Narzisst ja oft ein perfekter Darsteller. Da kann man sich gut vorstellen, dass das eine Wirkung hat, gerade auf Frauen. Vor allem in der Frühphase, wenn man sich kennen lernt, bedient das viele Wünsche und Projektionen. Man könnte sagen: Der Narzisst in seiner üblichen großartigen Selbstinszenierung entspricht einem Ideal, wie ein attraktiver Mann sein sollte. Die andere Seite sieht man vielleicht erst Jahre später.

Und was spielen die eigenen Interessen der Co-Narzisstin für eine Rolle?

Auch auf der Co-Narzissten-Seite gibt es Interessen, das ideale Bild aufrechtzuerhalten. Das, was attraktiv ist, lässt man sich nicht gerne zerstören. Und man geht ja nicht in eine Beziehung und hat einen total kritischen Blick auf den anderen, sondern will das Positive sehen. Die klassische Konstellation ist: Mann narzisstisch, Frau, die das am Anfang toll findet, und wenn es dann Konflikte gibt, wenn die Frau autonomer wird und nicht mehr nur Bewunderung für ihn hat, fangen die Probleme an.

Begegnet eine Frau mit 20 so einem Mann und fällt auf seine Inszenierung rein, geht man von mangelnder Lebenserfahrung aus. Aber wenn sie ständig wieder neu reinfällt und eigentlich schon im Vorfeld wüsste, das ist jetzt wieder so was, das fatal enden könnte: Was kann man gegen diese Sucht – und es ist ja eigentlich eine Sucht – machen?

Ich glaube, es ist ganz wichtig, dass man das durchschaut, wie es ist. Man hat ja viele Verzerrungsmechanismen, indem man sich die Situation schönredet und irgendwie andersrum deutet, weil es eben auch unbequem ist, etwas zu ändern. Die Partnerin ist natürlicherweise erst mal nicht daran interessiert, das ideale Bild zu zerstören, das für sie selber auch gut, richtig und attraktiv ist. Sie fährt trittbrettmäßig mit und profitiert nicht nur in der eigenen Psyche, sondern auch in der Außenwahrnehmung: Vielleicht wird er bewundert, vielleicht hat er eine hohe Position, und in diesem Windschatten fährt sie mit. So gibt es viele Gründe, die dazu führen, dass man lange Zeit nicht klar sehen will, wie die Situation eigentlich ist und welchen Preis man für das Aufrechterhalten der Fassade zahlt.

Und wie könnte man ihr helfen, da rauszukommen?

Mein Rat ist – wie in anderen Konstellationen auch – auf sich zu schauen, es ganz nüchtern zu betrachten und sich zu fragen: Wie geht's mir eigentlich damit. Menschen in solchen Beziehungen haben ja tausend Beispiele aus dem Alltag, die sie nennen können. Aus dem heraus kann dann eine Veränderung erfolgen, sodass man nicht immer wieder in dieselben Fallen tappt und aus der Abhängigkeit und der Verzerrung heraus im gleichen Muster bleibt. Das Wichtigste ist, so wie Sie es beschreiben: Sehen, wie es ist.

Benötigt es auch Hilfe von außen?

Therapie ist manchmal sinnvoll, manchmal notwendig. Es geht dann oft darum, alles ein bisschen zu ordnen und sich mit Hilfe einer neutralen Person zu orientieren. Das Ganze geht ja weit darüber hinaus, bequeme Bilder aufrecht zu erhalten – da ist auch diese Kränkbarkeit und das Erfordernis von ständiger Anerkennung und Bewunderung. Das ist ein wahnsinniger Druck in so einer Beziehung – wenn die Bestätigung ausbleibt, gibt es Ärger, Wut, manchmal Gewalt. Da ist dann die klassische Dynamik von Angst: Wie reagiert er, wenn sie etwas nicht tut.

Wenn eine Frau sich trennen will, aber weiß, dass er diese hochgradige Empfindlichkeit hat – gibt's da irgendeinen Rat, damit es leichter wird? Ich habe in der Beratung oft erlebt, dass eine Frau wieder zurückging, weil sie die Angst vor möglichen Folgen kaum aushalten konnte. Was gibt's da für Tricks, wie man mit einem Narzissten am besten umgeht, um möglichst gefahrlos aus dieser Beziehung rauszukommen?

Erst mal ist da immer die Frage: Ist Gewalt an der Tagesordnung? Wenn ja, dann gilt das, was bei häuslicher Gewalt immer gilt: Eine rote Linie ziehen. Gewalt nicht akzeptieren, nichts schönreden und sich nicht mit Entschuldigungen und »er hat es ja eigentlich nicht gewollt« abspeisen lassen. Wenn es zu Gewalttaten kommt, soll man sich sofort an Beratungsstellen oder an die Polizei wenden. Das klingt jetzt banal, aber es gibt leider eine große Hemmschwelle, das wirklich zu tun. Der einfache Rat lautet: Wenn man denkt, es ist besser nichts zu sagen oder keine Anzeige zu machen, weil's sonst noch schlimmer wird – dann muss man sofort handeln, weil man sich dann schon in einer Erpressungssituation befindet.

Das ist ein sicherer Indikator für eine Notbremse?

Genau. Wenn jemand denkt: Eigentlich müsste ich das jetzt sagen, eigentlich müsste ich das jetzt ansprechen, eigentlich müsste ich mich trennen, eigentlich müsste ich das Gespräch suchen oder eigentlich müsste ich eine Anzeige machen, aber ich trau mich nicht, weil's dann noch schlimmer wird, wer weiß, wie der reagiert – dann ist die rote Linie schon längst überschritten, dann ist absoluter Handlungsbedarf. Sei es mit Beratung, sei es ein Therapeut, oder wenn es um Gewalt geht, die Polizei.

Wie hoch sehen Sie das Gefahrenpotential bei Narzissten?

Generell muss man bei Narzissten damit rechnen, dass Trennungen hässlich werden. Darauf muss man wirklich vorbereitet sein. Natürlich kann man versuchen, das irgendwie einvernehmlich zu lösen. Aber man muss auch akzeptieren, wenn das nicht geht. Man darf es nicht davon abhängig machen: Können wir das jetzt einvernehmlich besprechen oder wird er sauer? Davon muss man sich abkoppeln. Es ist immer sinnvoll, das Gespräch zu suchen, aber man muss bereit sein, eine Entscheidung auch unabhängig davon zu fällen. Im Wissen, es kann konfrontativ und hässlich werden. Die narzisstische Problematik ist nicht selten mit häuslicher Gewalt in der einen oder anderen Form verknüpft, gerade dann, wenn der Führungsanspruch des Narzissten in Frage gestellt wird. Die Frau fühlt sich in dieser Situation oft alleine oder denkt, das soll niemand draußen wissen. Aber in der Regel profitieren auch Co-Narzisstinnen davon, wenn sie eine Vertrauensperson haben.

Also sich unbedingt Unterstützung holen für diesen entscheidenden Moment?
Das hängt immer vom Einzelfall ab. Aber häufig ist Unterstützung sinnvoll. Denn manchmal ist es sehr schwierig, sich ohne Unterstützung zu trennen, vor allem auch dann, wenn häusliche Gewalt im Spiel ist.

Und wie sieht es bei Psychoterror aus? Wenn etwa Drohungen ausgestoßen werden? Wie kann sich eine Frau schützen – nicht nur sich selber, sondern vielleicht auch ihre Kinder?
Es gibt sehr unterschiedliche Formen von Drohungen zum Beispiel mit Telefonterror und Nachstellungen und so weiter: Da sollte man eine Anzeige machen, unbedingt, auch wenn die Frau denkt, dann wird's noch schlimmer. Bisher sind die gesetzlichen Grundlagen für einen Schutz in der Schweiz leider noch nicht so gut, wie sie sein sollten. Hier müsste einiges passieren.

In einem Fall im Welschland hat der Mann die Drohung ausgesprochen, den beiden gemeinsamen Töchtern etwas anzu-

tun. Die Frau konnte sich auf der Polizei kein Gehör verschaffen, und dann ist es tatsächlich passiert. Wenn jemand in dieser Situation ist: Was soll man da machen?

Vorweg: Die meisten Drohungen sind harmlos. Zu 95 Prozent passiert nichts. Aber ein Mensch, der droht, sollte eingeschätzt werden, ob er's ernst meint oder nicht, gerade wenn's fortgesetzt ist. Generell sollte man, wenn man mit dem Tod bedroht wird, eine Anzeige erstatten. Es gibt erfahrene Polizeistellen, die die Situation prüfen. Wenn sie nicht sicher sind, ob die Drohung ernst gemeint ist, wird das professionell abgeklärt. Dann hat man eine große Gewähr, dass in gefährlichen Situationen die richtigen Maßnahmen getroffen werden.

Und wenn man auf der Polizeistelle nicht ernst genommen wird?

Es gibt Polizeistellen, die gut reagieren, und es gibt Regionen, die das leider nicht so ernst nehmen. Generell fährt man immer besser, sich an eine Spezialgruppe zu häuslicher Gewalt zu wenden. Die kennen sich mit der Problematik aus. Der entscheidende Punkt ist: Es darf nicht sein, dass eine Person es privat lösen muss, wenn sie oder ihre Kinder an Leib und Leben bedroht werden. Da muss die Gesellschaft sagen: Das ist jetzt unser Problem. Aber da muss noch einiges getan werden, damit das überall so wahrgenommen wird. Ich habe selbst einige Fälle gesehen, die wirklich schlecht gelaufen sind, wo leichtfertige Ratschläge gegeben wurden, etwa: Ja, dann ziehen Sie halt um. Das geht überhaupt nicht.

Also ist die Politik gefragt, die ganze Gesellschaft. Das Problem ist aber, dass die Gesellschaft narzisstische Tendenzen hat: In der Wirtschaft, der Politik …

Viele Mechanismen in der Gesellschaft sind auf Eigennutzen ausgelegt. Das hat meistens aber nichts mit Narzissmus zu tun, sondern mit dem Motto: »Der Zweck heiligt die Mittel.« Dieses Prinzip gibt es schon lange: In Sonntagsreden zu sagen, »Wir sind alle gut und lieb zueinander«, aber dann sind viele Organisationen und Unternehmen ganz anders aufgestellt und sagen: »Wenn der Erfolg stimmt, wenn die Macht stimmt, dann ist es okay, in bestimmten Bereichen zu schummeln oder sich rücksichtslos durchzusetzen.« Da wird nicht offen kommuniziert. Aber es werden oft verdeckt Dinge getan und Grenzen überschritten, wenn daraus ein Vorteil entsteht. Ich finde, das ist ein falsches Prinzip, und es gibt auch Menschen, die versuchen, es anders zu machen. Ich glaube, das ist die Aufgabe für den mündigen Bürger und für die ganze Gesellschaft, hier Gegenmodelle zu entwerfen. Ganz einfach gesagt: Ehrlich sein, Verantwortung übernehmen, Grenzen und andere Menschen respektieren, Macht nicht missbrauchen und zu Fehlern stehen. Alles Dinge, die auch zu einer guten, gesunden Beziehung gehören.

Wie sieht denn eine gesunde Beziehung genau aus?

Ein wichtiger Punkt ist, dass die Partner auf gleicher Augenhöhe sind. Da sind ja letztlich immer zwei erwachsene Menschen, die entscheidungsfähig sind und sagen: Wir wollen zusammen eine Beziehung führen, oder vielleicht: wir wollen zusammenleben. Es sollte von Anfang an so sein, dass beide gleichberechtigt auf einer Ebene in der Beziehung sind. Eine narzisstische Beziehung ist ja im Gegensatz dazu von Anfang an in Schieflage. Der eine braucht Bewunderung, und der andere soll sie ihm geben. Das geht in einer gesunden Beziehung so nicht.

Glauben Sie, dass es wirklich gesunde Beziehungen überhaupt gibt?
Ja, das glaube ich. Ich weiß es sogar.

Herr Urbaniok, ganz herzlichen Dank für dieses Gespräch!
Sehr gern geschehen!